全世界
有你就好

苑子豪
作品

山东文艺出版社

果麦文化 出品

人生起起又落落，

愿我们都能找到生活的真相，

并努力去热爱这个真相，

如果不能乘风破浪，

那就活成自己喜欢的模样。

《我和姐姐》

New York Café

因为喜欢你，

我要变成更好的自己。

如果我们终将重逢，

那就不怕生命里的这些等待。

《如果我们终将重逢》

只有你有权力，

决定你的故事走向。

《经年之后，我已成舟》

愿那些最纯朴的感情永不消失，

那些最简单的爱永不泯灭，

那些最平凡的我们，

都能万事胜意。

《飞黄腾达》

我不要灯红酒绿的生活，
我只要循着曾经的心动。

我不要长长久久的许诺，
我只要当下和你轰轰烈烈。

我不要全世界，
我只要你。

《穿越人海拥抱你》

RESTAURANT

我将勇敢起来，
拼命努力，
不再恐惧任何一场风暴，
为了所爱之人，

我要炽热，
我要疯狂，
我要轰轰烈烈。

《秘密只有风知道》

愿我们都能拥有翻越心灵围墙的天梯

谢谢你特地，又或者只是无意间翻开了这本书，不过看到这一页的时候，请允许我相信，我们之间已经被某种奇妙的缘分所联结。

接下来，你将在这本书里看到我笔下主人公们的欢愉、愁苦、伤痛、徘徊，以及不可多得的确幸。他们笨拙却善良，缺乏好运却富有勇气，身陷牢笼却拼命挣扎。

他们都曾在各自的人生角落里遇上孤独、悲戚、烦扰、苦闷，那些束手无策的瞬间就像灰尘，沉重地，充满绝望地，在他们的心灵上铺了一层又一层，直至成为内心的围墙。

可就当堵在这面围墙里，以为自己无法逃脱的时候，他们硬是发现了一把把帮助他们翻越围墙的梯子。

而这些梯子，大多是某个人赐予的——

为女儿重燃生活斗志的单身母亲，经年重逢的姐弟，全世界唯一的好朋友，非他不可的异国恋女主角……

他们用力地吹拂着灰尘，并递给主人公们一把又一把爱的梯子。

这些充满爱的天梯会将失散变成重逢，将自卑的石头变成闪亮的星，将山停靠在大海边上，所以树木和海草，溪涧和海水，都像老朋友似的又重新相识。

它们还可以让人在危难万分时拥有希望，继而，突出重围，逃离苦难，一点点拥抱黎明的曙光。

所以，在每一个想要自弃的时刻，在每一个感到沮丧的时刻，在每一个身陷迷茫的时刻，都请你相信，总有那样一个人，他会带着爱，穿越千山万壑，不顾千难万苦，用尽千方万计，成为你孤单时刻的千军万马。

是的，爱是穿越一切的超能力。

愿这本书，带给你最真诚的爱的力量，也愿我们，都能拥有帮助我们翻越心灵围墙的那把天梯。

目录

S I S T E R A N D I

我和姐姐

一

我又回到了这个地方。

成片的杨树林依然没什么精神，在北风的肆虐中垂下树枝，和这里的人一样，在生活的重负之下低着头，不怎么言语。

村子里为数不多的河流，有的干涸死寂，有的被臭烘烘的垃圾填满，已经污染了。这些发臭的水沟里，有成群的欢悦起舞的苍蝇，它们正在狂欢饱食，它们正热爱着这个地方。

这和我截然相反。

我无比厌恶、极其憎恨、非常仇视这个地方，若不是要来取回遗留的物品，我是万万不会再踏进这里一步的。

如果我会开口说话，我会对着这个地方狠狠地怒骂一番。

这里，就是我从小长大的地方——蓟村。

二十年前的某个夜晚，一个婴儿忽然出现在文城外人口最少的蓟村。

茶余饭后，蓟村人开始议论这个婴儿，他们都说，这个孩子是水性杨花的陈虹和哪个不知名的男人偷生下的。

那个婴儿是我，陈虹是我三姨。

因此我有了名字，叫作“野种”。

我从小跟着三姨长大，她用劣质的奶粉、稀薄的米粥养我。在我依稀的记忆里，每当我饿得要哭的时候，她便掐我叫我消停。但她越掐，我哭得越凶，直到没了力气，然后昏昏沉沉地睡去。

其实，三姨并不穷。

在这个村庄里，三姨算得上是有钱人。每顿饭都有酒有肉，穿的衣服也是镇上新到的流行款式，没有人知道不务正业的她是从哪里搞来这些钱的。因此，三姨在流言里是个恬不知耻的破鞋，村子里的人都说，一定是很多男人在轮流包养她。

事实上，这些钱是我父亲给她的。

对于我父亲在经济上的供养，三姨没有一丝的感激，反倒是待我愈加刻薄。每个月父亲都会给她一千块，她只会在我身上花一两百，好像她对我有着天生的恨意。

等到我四五岁，三姨嫌我吵闹，便将我扔给村子里的一个婆婆，每个月付给她三百块抚养费，然后自己搬去了镇里，没日没夜地打麻将。

算了一下，从父亲转给三姨，再到婆婆手里，我是个三手货。

婆婆是个单身女人，见到我的第一眼，眼睛就笑得眯成了一条缝，这么多年了，没有任何人陪伴过她，我是第一个。

仔细想想，不知道是我陪伴了她，还是她陪伴了我，总之我们就像两条相似的可怜虫，在一个又脏又破的小村庄，命运让我们有了交集。

婆婆待我很好，基本上每个月都会把三姨给的三百块全花出去。有了我以后，她的生活仿佛有了起色。她努力地烧饭，勤快地换洗衣物，学着养殖家禽，到地里薅野菜，样样活都干得起劲。

她唯独不能和我说话。

因为她是个哑巴。

和哑巴婆婆过久了，没有语言交流，我的语言表达能力和听力逐渐下降。

不懂表达，不会言语，听不进旁人的话——这种感觉太痛苦了，就好像，明明从未想过会坠入深渊，却不得不每天眼睁睁地看着自己一点点沉沦。

到了要上学的年纪，婆婆想把我送去镇里念书，可三姨不同意。她怕我的出现会扰乱她在镇里的逍遥日子。婆婆去镇里苦苦哀求三姨，结果脾气暴躁的她，恶狠狠地将婆婆轰了回来。

她说，就要让我活在没什么希望的蓟村。

在蓟村的生活，确实没什么希望，这里只有几十户人家，彼此不亲热，也没什么往来。没有人谈生活，也没有人聊理想，人们下地耕种，然后回家操持上下老小。

我没有同龄的朋友，因为我既没有和他们一起去镇里念书，又不会讲话，所以他们对待我就像对待流浪的狗。

“野种！野种！你这个没爹的野种！”这是他们见到我就会说的话。

在这个村子长大的日子，异常漫长。

因为每一天都如同复制，相似得令人惊讶。

每个白天，我都在婆婆的带领下绕着村子跑，有时做个风筝放上天空，有时扑通一声扎进河沟里游泳。

很多个瞬间，我都想过逃离，我愿自己是那只风筝，可以远走高飞，也愿自己如鱼，能潜到深底。

然而事实上，我并没有这样的本事。

偶尔，我会试图逃亡到田野尽头，或者长时间地将头埋在水里，然而看着婆婆在我身后惊恐得手足无措，心也就跟着柔软起来，只好放弃此般念头。

我知道，对于她来说，我就是全世界。

可对婆婆的怜悯，并不能唤醒我对活着的渴望，我依然是那个沉默不言的小孩，憎恶着周身的一切。

我唯独偏爱日落时刻，坐在田埂的边缘，抬头看天边的火烧云，淡粉的，赤红的，浅黄的，连成一片，偶尔也四散分离。

天色像是怕我厌倦一般，总是变些花样，这画面充满凄怆感，却真让人着迷。

我捉过野地里的刺猬，追过奔跑的猎犬，还曾骑在缓慢行走的羊背上，在宁静的夏日里酣睡一整个傍晚。

那时的我整日发呆，思考的都是关于蝉何时鸣叫、飞鸟何时回徙等无所谓的事情。

我不知道，何时才能长大。

一个夜晚，三姨从镇里回来，婆婆示意她，我不会讲话了。婆婆焦急地望着三姨，本以为她会错愕，接着产生巨大的愧疚感，没想到，三姨满脸不在乎。

“这个鬼东西精得很，就是在跟我抗议，不愿意说话就算了。”三姨不相信我是哑巴，觉得我只是在胡闹。

她又瞥了一眼婆婆，补充说：“刚好，你们一起做哑巴。”

随即，她从柜子里翻出来一张照片递给我。那上面是一家三口——一对年轻的夫妻和他们的宝贝千金，他们站在北京天安门前，笑得温情脉脉。

“你别恨我，要恨，就恨他们。”三姨一只手揪着我的耳朵，另一只手指着照片说，“看见这个女孩了吗？她能过得这么幸福，而你就只能在农村过苦日子。”

我茫然地看着她。

等到很多年以后，我才明白三姨的意思。

是的，我从来就不是野种，出生于文城的我，家庭显赫。

我出生不久后，父亲就升任了文城审计局的局长。不巧那一年，母亲怀了我，而在此之前，他们已经有了一个女儿。

实行计划生育的年代，每个家庭只能生一胎，如果私下偷生，任领导干部的要遭处罚。父亲为了保全自己的前途，和母亲商量好，把我送到乡下老家，由老家的亲戚代为养育，打算等将来政策松一些，再把我接回城里。

母亲原本打算回蓟村暂住段日子照顾我，却不想生我时难产，落下了一身毛病，以致她卧病在床好几年。无奈之下，只好把我交给三姨抚养，听三姨说我白白胖胖的，她也就放了心。

总之，没有人留意到我所遭遇的事情，我就在这个盲点和缝隙中被遗忘了。

我常想，姐姐运气可真是好，只早我几年出生，就成为家里唯一的、名正言顺的孩子。

大家都称她“审计局局长的千金”。

而我，除了“野种”之外，连一个光明正大的名字也没有。

当父母终于来蓟村探望我时，我已然成了那个又黑又瘦、见人闪躲、闷声不吭的哑巴男孩了。

为此，父母跟三姨大吵了一架，母亲甚至甩了三姨几个耳光。三姨凌乱着头发，蹲坐在角落，发痴地大笑起来，这么多年的怨恨在此刻得以充分地暴露。

原来三姨不是只憎恶我，而是憎恶我们全家。

在母亲小时候，外祖父和外祖母离婚了，外祖母在文城找了新的男人，想带一个孩子进城。几个孩子里，她最偏爱的就是三姨，可外祖父不同意，坚持要把孩子们都留在蓟村。

后来由于母亲常年低烧，寻医无果，无奈之下，外祖父同意让外祖母把母亲接去文城医治。等母亲被医治好后，她也就跟着外祖母留在了文城。

再后来，母亲接受了城市里更好的教育，相继考入了文城最有名的高中和大学，一路顺风顺水，最终嫁给了父亲，成为令蓟村人人艳羡的女人。

而三姨，则一直跟着外祖父留在蓟村。

三姨始终认为这不公平，母亲所得的这一切本不属于她，当初那个该被送进城的人，明明应是自己。

所以当我被寄养到蓟村时，三姨恍惚中看到了往日时光的影子，我仿佛是另一个平行宇宙里的她。因此我越落魄不堪，三姨内心的缺口便越能得以修补。

她说这就叫报应。

这一顿争吵后，父亲还是没有把我接回去，他仍旧要为自己的仕途着想，否则，他先前的努力就都功亏一篑了。

我恐惧地躲在婆婆的身后，在这个满是陌生人的房子里，只有婆婆可以依靠。父亲见状，便再也不让三姨照顾我了。他在镇上租了间房子，花高价从文城雇用了一个专业保姆，怕我不适应，又把婆婆请了过去，托她们一起照顾我。

临别时，父亲嘱咐我，要性格开朗，要多讲话。

直到十岁那年，计划生育政策有所松动，我才被接回了我出生的地方——文城。

二

我回到文城后，父母失眠了好几夜，这些年他们为了生活努力往前跑着，只是当抵达了终点后，发现似乎少了些什么。

每每和我说话，都得不到回应，他们终于明白了，我是一个小哑巴，一个把自己锁在小世界里的男孩。

父亲的心碎了一地，他每顿饭都要喝酒，酒喝大了，就放声大哭，跪在地上抱着我，大概在说，他对不起我。

因为当初母亲怀我时，是父亲坚持要把我生下来的。

我从没有为他的举动动容过，甚至连不知所措都没有，我只是直愣愣地站在那里，面无表情，对于他的歉意与怀抱无动于衷。

那是我应得的，那是他欠我的。

母亲带我去了不少医院，想花钱治好我，每次看她和医生争执，我都知道她在说她儿子身体健康，并非天生的哑巴，是可以治好的。

后来，她带我去看了心理医生。

母亲怀疑我是故意不讲话。

面对心理医生试图探寻的面孔，我笑得更加畅快了。

她想测试我，想引我走出阴影，抱着最美好的幻想，期待我是因为青春期叛逆才不开口说话。

然而我不是。

看着心理医生那张自以为高明的脸，我眼泪横流，却止不住笑，明明我就是哑巴，她还想证明我是故意不讲话。

见我滑稽的反应，医生更加确认我是叛逆，没有办法的她垂头沮丧，我享受着报复的快感，直到母亲哭着把我领走。

我在用我的方式，和这个世界对抗。

接受自己是一个哑巴的事实，并不难，接受自己是一个没用的哑巴，才最难。

长到十一岁，我没有读过书，甚至连笔都不会握。

父母仍旧对外宣称我是三姨的孩子，来文城治病，只是在家暂住。

这两年，父母在我身上花了不少钱，我勉强认识了一些字，他们还请了专业的私教。

可我依旧不言语，父母的眼神里充满了巨大的愧疚和懊悔，连同一种正常人面对不正常人时自然流露出来的悲悯感。

和他们一起可怜我的，还有我的姐姐。

姐姐的性格和我完全不同，她开朗又外放，浑身散发着迷人的光。也是因为家里条件好，读高中时，她就已经学会了染发美甲那一套，屁股后面追了两个足球队的男同学。

我从来都只敢在角落里默默打量姐姐——她容貌美丽，身材曼妙，充满了这个年纪的女孩该有的魅力，像闪耀的阳光，让人无法正视。

还记得我们相见的第一天，她正在一楼的院子里摆弄她种植的鲜花，我也是后来才知道的，姐姐爱插花。见到我的那一刹，她眼睛明显地放光，随即冲过来把我揽入怀里，嘴里不停地嚷嚷“我有弟弟啦，我有弟弟啦”，兴奋极了。

闻到她身上的香味，我忽然想起蓟村外山头上的柑橘树，还有些青柠檬的香气。我无法形容出那一刻的感觉，仿佛沉醉在了一场仲夏夜的美梦里，梦里都是香甜的果子。

而姐姐完全没有嫌弃我身上的怪味，虽然它混合着乡下老家的被褥味、鸡粪味，还有一种说不出来的乡土气味。

我有些讶异，因为我并不习惯被人拥抱，不过坦白说，那种感觉挺好的。

以后的日子里，姐姐待我很好，她会感知我的心情。见我开心，就带我出去玩，见我沮丧，她就会默不作声。和爸妈刻意逗我开心不同，姐姐只是在一旁陪着我沮丧，从不将她的优越感凌驾于我之上，也不会刻意取悦我。

她虽然教我如何认字看书，但从不强迫我去接触邻居家的小孩，她懂我的自卑与内向，封闭和无助。

起初我还偶尔对姐姐发发怪脾气，有时候陷入自我的难过旋涡，我就刻意用冷暴力来伤害姐姐的热情，似乎她越难过，我越解恨。但慢慢地，我像个被俘虏的士兵，开始劝慰自己，丢下我的是父母，与姐姐无关。

所以那些怨恨、嫉妒、排斥，都在慢慢消解。

毕竟，不得不承认，被在意的感觉真的很好。

在接下来的一两年里，每次姐姐放学回家，都会偷偷给我带从外面买回来的零食，有刚出炉的酥脆的牛角包，有融化了一半的蜜瓜炒酸奶，也有一口一个的小小的奶油泡芙。

尽管家里做饭阿姨的手艺很好，但我对姐姐带来的零食，也特别喜爱。

姐姐从不觉得我是一个不正常的孩子，她会大方地拉着我的手，带我出门走走。遇到邻居或朋友，她都会热情地向他们介绍我，然后满面笑意地抚摸我的头。

她知道，我和她流着一样的血，只不过我走丢了。

姐姐早恋那年，经常有个男孩子出现在家楼下，父母觉察不敏锐，可善于观察外面世界的我，一下子就发现了那个男孩的存在。

有天夜里，我睡得很轻，听到了有人翻越房间窗户的声音，我惊醒后起来，打开窗子，看见姐姐正在二楼房间的窗前，想往下跳。她不能走大门，因为母亲反锁住了她的房门。

看着姐姐要跳下来，我吓得支支吾吾的，喉头因为紧张发出了微微颤抖的声音。

早在一旁等候的那个男生，赶快上前对我比了一个“嘘”的手势。

不知怎么，我想到了姐姐曾让我看过的《罗密欧与朱丽叶》，我拿起我的一床被子甩出去，男孩随即明白了我的用意，他用手拉起一端，我在窗口拉着另一端，这样就变成了一张减震床。

姐姐慢慢朝外挪动着身体，小心翼翼地跳入其中，扑通一声，她就被我们的减震床包裹起来了。

姐姐爬起身来，笑眯眯地夸我勇敢，冲我飞了一个吻，挥挥手就和男孩跑掉了。

可她不知道，在蓟村，我抓过蛇，宰过鸡，用锅拍死过黄鼠狼——跟这相比，那些才是勇敢。

第二天醒来，母亲勃然大怒，她没有想到是我帮了姐姐，只管教训着姐姐不懂事，大半夜跑出去和男孩子约会，有辱斯文。

母亲叫来工人在姐姐房间的窗外加了一层铁制防护栏，这下除非她变成一只蝴蝶才能飞得出去。

那个男生还是时常在夜里来，姐姐被困在防护栏里，他们仅仅能靠眼神交流。偶尔睡不着，我起身打开窗子往上看，姐姐大多数时候都在阳台上摆弄她的花瓶，我知道她是在插花，也是在等那个男孩的出现。

没过多久，姐姐怀孕了。

但那时她还未成年。

拿到医院的报告单时，父亲伫立良久，然后一巴掌甩在姐姐脸上，姐姐的嘴角流下了鲜血。我躲在角落里，吓得身体直发抖。

母亲只管跪在地上哭，她说我们家的孩子都不让她省心。

姐姐的脸色很平静，好像什么事情都没有发生一样，父亲越是指着她的脸辱骂，她就越平静，那种坚毅的表情把父亲惹得怒火中烧。

若不是母亲一直跪在地上拖着父亲，我想他会当场把姐姐打残。

后来父母把姐姐关在了房间里，他们商量着，姐姐怀孕这件事，绝不能传出去，一定要闷在罐子里，像没发生过一样。否则这个丑闻，多多少少都会影响到父亲的名誉——目前看上去他前途一片光明。

是啊，堂堂审计局局长，马上就要升任文城的副市长了，父亲决不允许这时候有任何的差错。

我回了房间，站在窗台上，拿着一把扫帚，轻轻敲姐姐窗外的防护栏，没多久她就听到了。

姐姐打开窗子，看到我的那一刻，她哭得脆弱又孤单。她一直都是善良的女孩，她知道错了，清楚这样的丑闻对父亲的前途会有很大影响，可她更明白，她对那个男孩的爱是真的。

她没有说话，只是刚刚在父母面前的绝情和坚定，在这一刻都坍塌了，隔着防护栏，她把手伸向我，试图触碰到我。

我也努力地把手向上伸，想要拉住姐姐的手，告诉她不要怕。

眼下的我，除了祈祷时间回流以外，没有更好的办法。

我能懂，姐姐从来都像是父亲的傀儡，他一手安排了姐姐学习各种乐器，又逼她去念女校，不允许她和任何男孩子正常往来。在父亲眼里，姐姐必须是大家闺秀。

可处于青春期的姐姐，越被管束，就越想反抗，她只想做一个快乐的女孩。从这个层面上看，姐姐和我一样，都在被父亲拿捏，他塑造着我们命运的形状。

温柔的月光在此刻倾泻下来，薄薄的，如纱如云，透过围在房子旁边的树，把影子投在我和姐姐之间。我向上伸的右手，因为足够用力而颤抖着，连同摇动的树影，斑斑驳驳。

在这一刻，姐姐的手和我的手努力靠近着，我们似乎在寻找某种共鸣。

三

不知道父亲动用了什么方法，那个男孩再也没有出现过。

在父亲的坚决要求下，姐姐打掉了肚子里的孩子，尽管她很不舍得，可父亲说，声誉对我们家而言，比性命还重要。做手术的那天，是母亲陪着去的，母亲一边抹眼泪说舍不得，一边拍着姐姐说希望她能理解。

的确，那一年很多人都在盯着父亲，想把他局长的位置抢过去，也有人想抢走他马上到手的副市长职位。

父亲能感觉到这些风吹草动，我也能。

他不喝酒了，回家很少言语，辞退了住家阿姨，收起了家里耀眼而奢侈的物件，取了现金给了姑姑，就连他最心爱的那辆车，也找人开走了。家里常常来一些陌生人，但都是跟父亲熟络的，他们坐在房间里商谈秘事。

母亲捂住我的眼睛，不让我看，她悄悄嘱咐我，我仍旧是三姨的孩子，来文城只是为了看我的声带，做一些康复治疗。

然而这也没能阻挡父亲被稽查的命运。

有天早上五点多，母亲把我从被窝里拽起来，她一言不发，雪白的脸上写尽了哀苦。

母亲拉着我和姐姐，离开了家里的那栋别墅，搬去了离文城不远的南京，住进了一间不大的出租房。

我们搬去南京的第三天，父亲被告贪污受贿，我家被查封，也是在那个早上，父亲服药自杀了。

他一定是承受不住压力，才选择了离开，可他留下的这一屁股问题，都交给了我们。更准确地说，是母亲和姐姐，毕竟我是一个没什么用的废人。

所幸早些年父亲的那些灰色交易，母亲从没出面参与过，只是父亲一个人的问题，母亲尚且能置身事外。

在赔缴赃款的过程中，我们三人相依为命。

那阵子，每天都像生活在梅雨季节一样，沉郁，静默，无人交谈。

偶尔我去姐姐房间，躺在她旁边，她会拍着我的头，跟我说：“不要怕。”

其实我从未怕过，甚至，我的内心蔓延出一种极其变态的安慰感，仿佛家里的一切遭遇，都是他们把我丢在农村十年的报应。我一点儿也不担心日后的生活，因为落魄的她们，也能品尝我在农村吃的所有苦头了。

从一开始就不曾拥有的人，比这些拥有过却失去了的人，要看开得多。

只是看着母亲和姐姐笑容渐少的容颜，我又因为自己这些幼稚且自私的想法而自我痛恨起来。

经历了这场风波，休学的姐姐又重新去读书，可她本来就没把精力放在学习上，何况休学时落下了很多功课，所以最终她也没考上大学。母亲花了很大力气，找了一大圈人脉关系，才在南京机场给她找了一份销售工作，让她在机场里招揽旅客花钱办理贵宾休息室的休息卡。

他们对姐姐的要求不多，只有八个字：花枝招展，能言善道。

由于我暂时没有工作能力，母亲又一直身体欠佳，于是赚钱的全部压力施加在了姐姐身上，我们的日子过得拮据极了。

当然，其中还有很大一部分原因是父亲被查出来的欠款实在太多，在担任局长的时候，他违规支持过一个地产项目，挪用的钱现在都要补回去，连那辆父亲最爱的豪车，也被人查回来充了数。

在这期间，还发现父亲在外面有不正当的男女关系，光接受父亲赃款转赠的就有三个女人，每个女人都不肯把父亲赠予的那些金银珠宝交出来。

母亲在和她们撕扯的过程中，变得更老了。

那是我第一次看到她长白发，说实话，虽然常憎恨她和父亲，可血缘关系毕竟切不断，我暂时还做不到过去抱抱她，但也会暗自觉得心疼。

那种感觉更痛苦，爱恨交缠着，就好像心脏的某处漏了一个洞，有巨大的血流在向外奔涌。

四

我没有找到工作，只好多做一些家务活，给母亲和姐姐减轻点负担。

姐姐的工作似乎也不太顺利，她总是很晚回来，拖着疲惫的身体。她说，工作累，上班要处理的人际关系复杂到超乎想象。以前盼着上学，因为可以和同学伙伴一起玩；而现在，只喜欢周末，躺在床上一整天，什么也不做。

母亲偶尔会给她煲鸡汤，看着姐姐辛苦挣命的样子，母亲也很心疼。

有天晚上，我刚要入睡，听到了厨房里的动静。我摸索着走过去，看到姐姐在给自己做夜宵。

她朝我比了比“嘘”的手势，然后问我，要不要也吃一点。

我笑着摇摇头，然后坐下来看着她笨手笨脚的样子。

怎么也想不到，曾经那个风光靓丽的千金，现在躲在狭小厨房里煮泡面，撕开料包后，她把手指上沾的油擦在了衣角上。

姐姐坐在我对面，大口地吃着泡面，由于很烫，她张嘴往外呼着热气，还没来得及怎么咀嚼，就快速吞咽下去了。一碗泡菜拉面，她连汤都喝得精光，没忍住打了一个嗝之后，冲我笑了笑，她早已不再是那个风光无限的大小姐了。

她抹了抹额头上细密的汗，拍了拍我的头，像我的大哥一样，示意我给她洗碗。

我挥了挥手，就让她回房间睡觉去了。

姐姐的这副模样，让我对她残存的最后一点怨念消失得一干二净。在这个世界上，亲情真是抵抗一切恐惧的最好盾牌，它能跨越莫名的误会，消弭时间的隔阂，成为我们每一次感到无助绝望时，最后的底气。

是啊，我能感觉到，姐姐在拼了命地养活这个支离破碎的家。

我打开水龙头，把水流调到最小，安安静静地洗碗，尽量少弄出动静，不吵醒同样也累了一天的母亲。

夜色很深，乌云遮住了月亮，看不到一点光亮。没有漫天的星星，只有偶尔划过的飞速行驶的车流声。

洗完碗后，我趴在窗子前，看着窗外发呆。有虫在叫，也有流浪的猫或者狗窜进树丛发出的窸窣声。

有时候，我就会想，究竟是我们在创造着命运，还是命运引领着我们来到了这里？都说人要努力去走自己的路，可是否这条路早已经铺设完毕，只是时间在背后推搡着我们，让我们快点走？

如若如此，努力是否还有意义呢？

我看了看夜空，情愿相信，是我在一步一步书写自己命运的答案。

两个月后，姐姐开始有明显的发胖迹象，她从九十斤长到了一百二十斤。

起初母亲还怀疑过，是不是姐姐又在外面谈恋爱怀孕了，可后来发现，她只是因为工作压力太大，暴饮暴食，再加上不规律的作息，导致了突发性的肥胖。

我眼看着她从一个苗条的少女，一点点肿起来，曾经精致的面容，也渐渐平庸。

还记得几年前，姐姐追求时髦，满桌子的首饰和化妆品，家里衣柜都摆不下她的衣服——那些相似又不同的漂亮裙子。可如今，越来越多的首饰和化妆品被她当作二手货卖掉，那些再也穿不下的漂亮裙子，也都被她看也不看一眼地转手出售了。

除了工作日被逼无奈化妆，剩下的日子，姐姐都素面朝天。或许是知道打扮了也没什么意义，毕竟照照镜子，自己和从前那个曼妙的少女已经判若两人。

尽管有时候母亲会叮嘱她少吃一点，可她还是会很迅速地从盘子里夹出一块红烧肉，不剔除肥的部分就送进嘴里，再配上一大勺米饭，吃得很香。

我们都知道，姐姐一个人赚钱养我们三个，是真的辛苦又拼命，累是自然的，于是也只好不拦着她，看着她用填饱肚子的方式来获得内心的疗愈。

人很难长期坚持做一件事，不过有一些事，姐姐一直坚持，比如写日记。

以前那个家里，柜子里装满了她各式各样的日记本，她喜欢用文字记录自己的心情。

我偷看过姐姐的日记本，她在里面这样写过：

“以前不知道什么是苦，现在总算知道了。不知道从什么时候开始，我已经被生活磨得失去了脾气。不想改变，不想努力，不想回望以前的自己，只想简简单单地吃饱、睡足，少一些烦恼。”

姐姐还有一个未曾改变的习惯，那就是买花。过去的家里，各个角落总有姐姐插的漂亮的花，虽然现在条件不允许了，可姐姐还是习惯从下班路上，买一枝鲜花回来。

每每合上日记本，她都会把那枝花，插在桌上的花瓶里。

姐姐曾说过，花的花期是很短暂的，总有一瞬会枯萎，直至凋零，可它不会因此而放弃盛开的权利。

这就好像生活里总会遭遇苦难，但绝不能因此而放弃活下去的希望。

一天晚上，姐姐从外面买回来诱人的奶油蛋糕，她兴冲冲地跑到厨房，左挑右选，选了个最漂亮的盘子，上面有蓝色的藤蔓纹路，还有一朵大大的牡丹花在盘底，这是为数不多的父亲留下的没有被查封的宝贝。

她小心翼翼地把蛋糕从盒子里拿出来，放到盘子上，手指上不小心沾到的奶油，姐姐一口舔掉了，没有浪费。那是一块草莓奶油蛋糕，不大，样子也不算精致，可姐姐知道我最喜欢吃草莓蛋糕。

她开心地招呼我和母亲，让我们来欣赏欣赏草莓奶油蛋糕。

母亲正在炒菜，小声嘟囔了一句：“少吃点甜的吧，发胖。”

姐姐的脸色立刻沉了下来，自打她发胖以来，脾气就变得喜怒无常，她最厌烦的就是母亲的碎碎念，尽管母亲是出于好心，怕姐姐的体重就这样一发不可收拾地增长下去。

我赶快去厨房制造出一些声响，想要打破这低沉的气氛。打开电饭煲，一股热气随即升腾出来，差点熏到我的眼睛。姐姐见状，赶快把我拉到一边，又从柜子里拿了个塑料勺，接过我手里的碗，一勺勺盛了起来。

她盛饭的时候，我摸了摸她的头发，意思是我很喜欢她的新发型。她习惯性地想摸摸自己垂肩的头发，可只抓了个空，很显然她还没适应自己剪的短发。

母亲喊我们去洗手，准备吃饭，说完就被厨房里的烟呛得咳嗽了一声。

我先在位置上坐好，眼睛只顾着盯着那块诱人的草莓蛋糕看。

母亲端菜出来的时候，我和姐姐都有小小的失落，今晚的饭菜是炝炒空心菜、番茄花菜、凉拌皮蛋豆腐，依然简单清淡。

我心里暗自想，还好饭后有姐姐的草莓蛋糕，可以解解馋。

我正给姐姐夹着菜，母亲就说让姐姐少吃点。

“少吃一口，减减肥。”

我们都明白，母亲这阵子老念叨这个话题，无非就是因为姐姐到了年龄，该找人嫁了。原先她有个好的家庭背景，就算学历普通，也绝不会发愁，如今背后的支撑没了，若是再不注意点形象，成了胖女孩，就太愁嫁了。

可姐姐说，她今天不想提不开心的事。

说完，又塞了一大口白饭和皮蛋到嘴里，咀嚼着。

母亲说："没解决的问题，就必须要提。"她听人说，帮姐姐找到工作的沈主任，对姐姐是有好感的，不然当初也不会帮这么大的忙，冒着风险给她这份工作。母亲认为，虽然沈主任其貌不扬，但事业上是有盼头的，三十岁出头，就当上了机场的部门主任，确实未来可期。

姐姐摇了摇头，表示不感兴趣。

我能看出来，她在强撑着自己的情绪。

母亲才不会管这些，这些年来，她早就学会了厚脸皮——追在亲戚屁股后面要欠款，就算断绝关系也要讨回钱；到工作单位举报小三，就为了拿回来几条珠宝项链；求以往打过交道的人，苦肉计都用上了，就为了能有个单位可以录用我，虽然到现在也没如愿。

若不是她这样厚脸皮地撑着，我们这个家早就散架了。

母亲继续做姐姐的工作，让她不要想不开，不要死心眼，现在大龄女孩都不好嫁。

姐姐拿着筷子不动了，她在强忍着内心的怒火。

母亲也更加激动了，她充满委屈地说："当初你要是听我的话好好念书，不至于现在这样辛苦。刚发胖时我让你控制饮食，你也不听，现在好了，胖得一发不可收拾，谁会要你呀！"

她是苦口婆心，可这些话听起来，也确实足够刺耳。

姐姐闭上了眼睛，眼角已然有了泪花。可母亲还在继续说，姐姐一日不嫁人，她的心就一日悬着落不下来。若不是放心不下我们两个不省心的家伙，她早随父亲去了，现在熬白了头发，好心还被当成驴肝肺。

啪的一声，拍桌子声响亮。

姐姐哇的一声就哭了出来，嘴里的白饭顺着眼泪和鼻涕，一起流了下去。姐姐哭得很凶，满脸通红，发丝凌乱，房间里一直环绕着她的哭声，仿佛决堤的洪水，拼命地四处奔涌。

我看着眼前这个一百四十斤的女孩，哭得这样难过，这样痛苦，这样委屈，这样无助，这样狼狈。

我心如刀割。

母亲吓傻了，她怔在那里，她没料到姐姐会在此刻崩溃。

几分钟后，姐姐平静了下来。

她拿纸巾抹了抹鼻涕，又用手抹掉多余的眼泪，示意我们继续吃饭。

我们三人沉默地吃完饭，姐姐把草莓奶油蛋糕推到我的饭碗前。

“生日快乐，弟弟。”她说。

母亲有一点诧异，她似乎不记得今天是我的生日。

其实连我自己也不记得。

五

还在农村的时候，三姨从不会给我庆生，回到文城后，每年生日都是姐姐给我张罗。她喜欢给我戴生日帽，给我买生日礼物，还喜欢往我脸上抹奶油蛋糕，逼着我许下生日愿望。

那时候我许的愿望不多，也确实没有什么想得到的，可如今，我竟然连生日都忘记了，更别提要许什么愿望了。

我能理解姐姐的崩溃，她无非是不想让母亲在这个美好的日子里，说那些扫兴的话。

我甚至还能想象到，她该是期待了好几天，反复叮嘱着自己不要错过日子，下班后第一时间兴奋地冲去蛋糕房，到了后犹豫再三，看着玻璃橱窗反复纠结，最后选中这一块甜香软糯，价格不太贵的草莓奶油蛋糕。

那天夜里，姐姐拉着我的手，带我出去补了一顿生日大餐。

我们来到家附近的一间烧烤店，姐姐拿着笔，在点菜单子上勾勾画画了好多菜。满满一大桌子菜上来后，她没忍住，又没出息地哭得像个小孩。

“对不起，没能给你幸福的生活。”她说。

那顿生日晚餐，是我吃得最开心的一餐了，我和姐姐还喝起了啤酒。醉醺醺的，看天上的月亮都有重影，星星像做广播体操一样，一会儿散开来，一会儿又集合。

我们旁边的一桌，有两个看上去像高中生的男孩，一个虎头虎脑，留着寸头，另一个像是有钱人家的男孩。他们相互碰杯，没一会儿脸就红了，彼此说着自己的故事。

我很羡慕他们的友谊，因为我从来就没有朋友，不论是在蓟村，在文城，还是来到南京后。

可如今，我一点儿也不害怕，因为我有姐姐，姐姐没能给我富足的生活，可我们相互陪伴，便足以抵抗那巨大的孤独。

路边的人看我们像笑话，我和姐姐东倒西歪地抱在一起，又蹦又跳，尽情宣泄着心里的郁闷。

好像生活总是这样，在某些特殊的时间节点，我们都需要一场彻底的放空，虽然接下来的路还是泥泞不堪，但至少在这一刻，我们能卸下包袱，一身轻松，只剩下无忧无虑的快乐。

第二天醒来，我完全不记得前一天晚上是怎么回到家的。

姐姐已经去上班了，我看到她留在我桌子上的一杯温水。

这只杯子的边缘，被磕碰过一次，母亲说没有特殊情况尽量不要用这只杯子，显然匆忙的姐姐没注意到这点。

她每天早上都是这样，来不及吃早餐，就拎着大包小包去机场了，因为工作要求，她会在公车上简单地化个妆，顺便啃个面包填饱肚子。

沈主任破格任命她为小组组长，她工作得比以往更加辛苦了，每天最早到工位，最晚离开。虽说升职是值得开心的一件事，可她的薪水并没有提高多少，跟她的辛苦实在不成正比。

我暗暗发誓，要赶快出去找份工作，不让姐姐这么辛苦。

但我并不知道，其实沈主任早就对姐姐虎视眈眈，从招她的第一天起，就开始打玩弄姐姐的主意。在工作场合，不断地给姐姐施压，用尽了威胁、逼迫、利用等手段。

一个晚上，趁着大家都下班了，他在办公区强吻了姐姐，还想把她拖到自己的办公室里。

姐姐拼命叫喊，可沈主任却掐着她的喉咙说，如果她胆敢告诉其他人，这份工作就别想保住。

“你爹是个贪污犯，你只有高中学历，除了长得漂亮以外，一无是处，你妈能给你找到这份工作，就该谢天谢地了。”

他这样羞辱姐姐，无非就是想让姐姐屈服，完全听命于他，可悲的是，姐姐确实没有太多办法。

而正是那天晚上回家，姐姐到厨房煮了一碗泡面做夜宵，暴饮暴食了一通，连汤都喝得精光。吃完后，她抹了抹额头上细密的汗珠，示意我替她洗碗。

安安静静洗碗的我，怎么也没想到，被泡面烫到嘴巴的她，喝光了整锅汤的她，在白天竟然忍受了那样的欺辱。

之所以能得知这些事，是因为我偷看了姐姐的日记本。

姐姐在日记本里写道：“不管老天给我们发了什么样的牌，我们都得开始打，没有丝毫回旋的余地。遇到晦气的牌，自己能做的不是抱怨，而是尽可能地慢一点，等待时机，直至把手里的坏牌都打出去，再换回一手好牌。”

所以她从没放弃过。那些遭遇的委屈、受的罪、吃的苦和忍的累，都终会成为成长所需要的动力，推着我们变成更坚韧的自己。

当然了，姐姐日记本里不只有这些鼓舞她自己的话，还有一些，让我看后痛心不已。

她写着：“沈主任是这个世界上的恶魔，他的手像魔爪一样肮脏、卑贱、恶臭。”

沈主任长着一张老实人的面孔，却用最咄咄逼人的语气，反复鞭挞姐姐的灵魂，用最难以忍受的凌驾感，一遍遍践踏姐姐的自尊，让她觉得，她确实是这个世界上最无可救药的女人。

关于这点，我了解得不多，因为姐姐写下的内容，似乎断断续续，能看得出，那页纸上，有皱缩的痕迹，我猜是她写着写着，泪花打湿了纸张。

透过姐姐的日记，我能想象出沈主任令人作呕的样子，他像极了恶心的、遭人唾弃的黄鼠狼。

我恨不得拿起锅，砸烂他的头。

六

五个月后，姐姐和沈主任结婚了。

用母亲的话说，一百四十斤，高中学历，贪污犯之女，这些条件加起来，让姐姐找伴侣时没有挑剔的空间。沈主任能不嫌弃她发胖，已经很不容易了，命里该嫁，就认了吧。

我躺在姐姐身边，静静地看着她，姐姐能从中读出我的不解和埋怨。我不明白她为什么同意嫁给那个恶魔，我怪她认了命。在我眼里，她明明那么美好，不该向现在的生活低头。

可姐姐说，她尝试过很多办法，但这或许是最有效的一种。起码嫁给沈主任，我们的日子会好过些。母亲年纪大了，还有没有工作的我要照顾，她不能太任性。

我还是无法理解，毕竟她是全世界最好的姐姐。

婚礼那天，不喝酒的母亲喝到烂醉，吐了一路。回家路上，她在车上抱着我哭，说等再把我的工作和婚恋问题解决，她就熬出头了。

她又含糊其词地说，等熬出头了，她就去找父亲。

我拍了拍她的身子，哄她入眠。外面的车流声稀疏零碎，一切都显得格外清晰。我看着怀里头发有些花白的她，微张着嘴，脸上细纹遍布，不自觉地心酸了起来。

或许，爱真的可以刺穿一切。

婚后的姐姐搬到了沈主任家里，我们这个不大的出租屋，竟显得空荡荡的。我一个人待在家里的时候，仿佛总能看到姐姐匆匆忙忙出门的身影，还有她从未忘过的、放我桌上的一杯温水。

我如常打扫她的房间，有时擦拭她相框上的灰尘时，我会陷入沉思。我亲眼见证了一个锋芒毕露的少女被生活的车轮碾碎，终沦为一个朴素又平凡的妇女。

有时候想念至深，我会迷糊到在心里默念起来——我最亲爱的姐姐，最近你还好吗？我很想念你。

嗯，我很，很，很，很，想念你。

当失去了姐姐以后，我才真正明白，人这一生，终究要面临最难的课题——与你所爱之人分别。

出门，远行，成家，各自忙碌，直至面对死亡，生命终结，彼此遗忘。

随着我们渐渐长大，分别的疼痛程度，也会逐渐加深。都说要趁在一起的时候好好珍惜，可谁不是只有在分别了以后才明白这个道理？

她总是和我说，勿挂念，勿挂念，可每想到这里，我总是意难平。

这时候，我会不由自主地憎恨父亲，憎恨沈主任，憎恨每一个使姐姐变成如今模样的恶人。并提醒自己，无论何时，不管何地，都不要被生活磨去棱角。

姐姐婚后的生活还算幸福，她经常喊我去她家做客，房子宽敞，陈列着精美的摆设，家具家居用品应有尽有。躺在沙发上的时候，人会因为舒服而陷进去，我最喜欢看他们家的电视，又大又亮，清晰度令人震撼。

周末的时候，沈主任还会戴上围裙，亲自给我做饭吃。在厨房里忙活的他热得底朝天，摘掉帽子的那一刻，我看到了他秃了一半的头。

不管他对我怎样和善，他都是姐姐日记本里的那个恶臭的黄鼠狼，我对他十分冷淡。

要不是为了探望姐姐，我才不愿意来他家。

我的生活也逐渐步入正轨，一家博物馆收了我做志愿者工作，专门负责接待一些聋哑人，领着微薄的薪水。

母亲的神经也稍微放松了一些，把姐姐嫁出去后，她开始在附近的邻居家里打麻将，日子风平浪静得令人欣喜。

有那么一刻，我们都以为一辈子就会这样过去了。

直到姐姐被沈主任一家赶出家门。

当初结婚的时候，沈主任的父母都很喜欢姐姐，夸她浓眉大眼，夸她人善心好。可好景不长，他们发现姐姐总是怀不上孩子，于是没人传宗接代这件事，就成为他们一家心头上的烦扰之事。

去了大大小小的医院，都没能查出来问题所在。

起初有家医院说是女方的问题，沈主任的父母开始对姐姐冷暴力，用各种办法刁难，让她在那个家里难受。后来再次检查时，医院说是男方的问题，于是沈主任又戒烟又戒酒，保持锻炼。

可日子又过了两三个月，姐姐的肚子还是没见什么动静。

沈家着急，每次都用冷嘲热讽的语气挖苦姐姐，说什么要是怀不上孩子就是没缘分，可以各自另寻新欢。

沈主任没什么主意，他一向都是只听父母的话。每次沈母和姐姐吵架，他都会向着沈母，说是姐姐的不好，惹怒了沈母。

这些都是我从母亲那里得知的。没有我和母亲的陪伴，姐姐在丈夫家里孤立无援。

离婚这件事，沈主任已经提了很多次了，姐姐也不是厚着脸皮想赖着的人，她只是在考虑离婚后工作怎么办。在小小的南京机场里，销售处就方寸地方，每天抬头不见低头见，同事间的风言风语也会传得很开。

虽然找新工作和找新的伴侣一样艰难，但姐姐还是和沈主任说了，她自己会去找新的工作，等找到工作后，就彻底断绝联系。

就在某个周三的下午，沈主任突然找人搬空了姐姐的工位，没到傍晚，就把姐姐的衣服也都打包好了，放在了小区门外。

当着所有同事的面，沈主任把姐姐未成年就怀孕、做人流的事公之于众，说她怀不上孩子是因为以前做过妓女！

按照沈家的说法，姐姐没有说清楚当初做过人流的事情，导致现在怀不上孩子，这是姐姐的问题。他们一家人都没再给姐姐缓和的机会，而是以一种决绝的方式，把姐姐一脚踢开。

原因很简单，沈主任已经和新欢提亲了，他必须和姐姐离婚，划清界限，才能保证自己的新恋情顺利开展。

得知这个消息时，母亲还在麻将馆打麻将，回到家里她就瘫在了地上，说不出话来。

姐姐进门时拎着大包小包的行李，头发凌乱，满脸狼狈，显然是刚刚吵过一架，我立刻飞奔着上前抱住了她。

她在我怀里哭得像个小孩，一直拼命地在我耳边嘶吼：

“不公平，不公平！”

我用力地抱紧她，她丰满的身体随着抽泣声上下颤动，我感觉此刻在抚慰一座欲爆发的火山。

姐姐太坚强了。从文城的别墅搬来南京这个出租屋时，我看着房间里简陋的陈设直发呆，她却爬着楼梯，扛上扛下搬运着家里的物件，沙发砸到脚趾，肿了一个大包，她咬咬牙，包个纱布就继续干活。

我求职失败时，她皱着眉替我发愁，可没多久就又丢来几份资料，叫我第二天再去试试，她给我买西装，打领带，叫我万万不可气馁。

发胖后，那些漂亮裙子都被她毫不犹豫地当二手货卖了，她从来都清清楚楚地知道，日子过去了就过去了，没有重来的可能。

是啊，她就是这样坚强。

就算生活再苦再难，她也不忍心看着路边卖花的老太四处吆喝，每周都买上一枝，插到自己的花瓶里。我知道只要家里的花没断，她就没有丧失对未来的希望。

只是在那一刻，我看到她彻底崩溃了。

她已经为过去的错误买单，可现在，却又要遭到枕边人的背叛。

许久以后，姐姐平静了下来，她又煮了一碗泡菜拉面，像那天晚上一样，连汤带面都吃掉了。

不同的是，这次的她不再狼吞虎咽，而是优雅地、温柔地、平静地享用了这一餐，且并没有要我帮她洗碗的意思。

看着我僵僵地坐着，她轻轻拍了拍我的头，如往常一样安慰我。

只是她不懂，我远比她愤怒。

七

那天，天气晴朗，晚风清凉，我躺在床上，歪着头望向窗外，有稀疏的星发出微弱的光。

我仔细听这个世界的声音，隐约中，我似乎听到了虫鸣，听到了流浪猫或者狗窜进树丛发出的窸窣声。

连同自己头脑里，一直鸣响着的嗡嗡声。

闭上眼，我在脑海里回忆过往。

我的姐姐已经很努力地接受命运的安排，以为可以靠婚姻脱离苦海，却没想到去的是另一个地狱。

一定是因为沈主任，姐姐才落得了如今的下场。

我越想越气愤，像走进了死胡同一样。

我起身穿好衣服，坐在桌前，给姐姐写了一封信。

在信里，我这样写道：

“亲爱的姐姐，很遗憾用这样的方式和你说说心里话。在回到文城以前，我曾觉得自己的一生就那样了，活在一个小小的村子里，每天重复着一样枯燥的生活。我不懂什么是难过，不懂什么是爱，更不懂什么是遗憾。当我回到文城后，你用一种失而复得的感情对待我。每次你看我的眼神，鼓励我的话，故意做给我的鬼脸，都让我觉得，好像我的余生还有些意义与盼头。

“父亲走后，我就常思考一个问题：我要用什么样的方式去尽力地保护你，不让你受到伤害。

“很抱歉，我没有做到。

“我是一个不完整的孩子，可因为爱你，我才拥有了残缺的那一半。你的幸福，你的平安，你的快乐与健康，都是我最重要的二分之一。

“别说什么‘勿挂念’，我们前后降生到这个世上，就注定要彼此挂念。”

总觉得在信的结尾，还想写些什么，但有些犹豫涌上心头。

我看了看窗外的月亮，陷入了沉思。

写完，我放下笔，把信装到信封里，轻轻地亲吻了一下。

关好窗子，摆正座椅，又把床被铺得整整齐齐，充满了仪式感。

我悄悄走进厨房，没听到母亲和姐姐的动静，看来我的步伐已经练得足够轻巧了。

打开橱柜，我犹豫了几秒钟。

可想了想那封信的结尾，我还是充满自信地拿出了柜子最里面的那口铁锅。

那封信的结尾，我是这样写的：

“我亲爱的姐姐，你的弟弟一直是一个勇敢的男孩，我在以前生活的村子里，抓过蛇，宰过鸡，用锅拍死过黄鼠狼。

“我亲爱的母亲，别再觉得我是一个没用的废人了。从这一刻起，我觉得自己足够伟大，伟大到我会变成天上的月亮，你们抬头，就能看到我发出的光亮。”

我面带着笑容，提着那口锅，欢快地走出了家门。

八

在我入狱后，姐姐找了新的工作，是一家医院的前台接待员。她依然保持着插花和写东西的习惯，只不过是从写日记变成了给我写信。最近一次来信，她劝我在狱里积极做事，改造思想，早日出来与家人团聚。

她还说自己过得挺好的，叫我勿挂念。

她在信里说：

“弟弟，我和妈妈搬到了一个新家，不是很大，但比以前好了很多。我精心布置了整个屋子，花了五十块钱淘到了一个超级精美的二手衣柜，墙上挂满了照片，有以前的，也有现在的，每天我们都能在阳台看到南京最美的夕阳。

“现在我在一家医院的后勤部门工作，赚得不多，但也能养活我和妈妈。对了，我瘦了一点，等你出来以后，我肯定会变成从前的我。”

收到姐姐的信后，我的心里淌过一股股暖流。

原本在监狱里，我又感受到了曾在蓟村里感受过的孤苦，可现在，似乎我对未来又有了些希望。

那些错过的人生就错过吧，那些短暂的快乐就任它消失吧，那些改变不了的事实不再纠结了，我得先承认自己，才能再开启自己的人生。

一天，狱警告诉我有个女人来探望我，我以为是母亲，却没想到竟然是久违的哑巴婆婆。

从我家离开后，她没有回到蓟村，而是偷偷跟着我们，从文城来到了南京，在某家餐厅里做洗碗的工作，她说她的世界不能没有我。

婆婆始终在留意我的生活，不久前知道我入狱了。

我跟她隔着玻璃，用手语交流，婆婆告诉我，她一个人在南京的生活很好，远比在蓟村和文城好。现在的她交了朋友，又领养了猫，日子虽然依然不富裕，但用心感受，还是幸福的。她嘱咐我在狱中乖乖听话，别丧失希望，好好改正错误，出来后，一切重新开始。

她说我永远是她的月光。

等到她要离开时，我忽然站起身。

“婆，下次来，能帮我带枝鲜花吗？”

那是我第一次听到自己的声音。

从狱中出来后，我回了一趟蓟村，想找回我遗落在那里的一个收音机。那是小时候婆婆从镇上买回来送我的礼物，那时她省吃俭用，把三百块抚养费的大部分都拿出来买了这个收音机。

或许看出了我是故意装聋哑的，所以她买给了我，也因此，我的人生才没有彻底“失聪”和“失语”。

再回到这个险些困住我一生的蓟村，本以为我会无比厌恶、极其憎恨、非常仇视这个地方，可没想到，我没有开口谩骂，在我心里，一直回响着姐姐在日记里写下的那句话——

人生起起又落落，愿我们都能找到生活的真相，并努力去热爱这个真相，如果不能乘风破浪，那就活成自己喜欢的模样。

ONLY THE WIND KNOWS THE SECRET

秘密只有风知道

一

不美好的事物，总是容易让我感到难过。

比方说冬日里光秃秃的树，街边脏兮兮的流浪狗，没有星光的夜空，死在沙滩上的空空的贝壳。

可还有一些时候，看到那些美好的光景，我也会感到失落。

天边烧透了的绚烂晚霞，居民楼里闪烁的万家灯火，新年时在天空绽放的烟花，还有盛夏里的繁花与蝉鸣，都会使我感到巨大的、莫名的失落。

母亲说，我的内心是一块阴湿的抹布，永远也晾不干。

我同意她的说法。

我还同意她的很多说法，比如我的大眼睛和薄嘴唇都随她。

关于容易感到难过这件事，我很少向别人提起，一个原因是这一定会招来别人的鄙夷，毕竟在他们眼中，我家境殷实，长相俊朗，身材匀称，我这样的公子哥，凭什么有负面的情绪。

另一个原因则是，我不知道要向谁提起。

是的，我一个朋友也没有。

富裕的家境并没有使我感到幸福，父亲胃癌去世后，我的生活就被强势的母亲安排得满满当当，没有课余时间，所有休息日都被安排了钢琴、奥数和网球课。这些都发生在我小学毕业，全家从滴城搬到南京生活之后，在此之前，我算有过短暂的快乐童年。

母亲希望我考入清华大学经济管理学院，虽然我对经济学这个专业一点也不感兴趣，但这并不妨碍我努力学习，坦白说，保持进步确实为我营造了一些安全感。

可每当我认真念书的时候，耳边就会传来“瞧瞧那个小伪君子”之类的声音，这实在令人沮丧。

在他们眼里，我并不需要装模作样地努力，因为所有想要的，我都可以轻而易举地得到。

所以我每一次抱着书走进图书馆的时候，那些人都会向我发出“嘘”声；当我在体育课上偷偷躲到角落里背题的时候，他们也都会像发现了砖头下的蚯蚓一般，兴奋地大叫：“瞧他又在这里偷偷用功了！”

他们都觉得我是想摆脱掉父亲的光环，证明自己也很出色，因此这场父与子的较量，在他们眼里纯属“凡尔赛式”的玩笑。

可只有我知道，我这样努力并不是为了超越父亲。

当然了，我能理解他们的愤恨，毕竟我家是那么耀眼——父亲当年是家乡第一个考上北大的高才生，同时，他也是滴城最大的房地产开发商，基本上市里叫得上名的楼盘，都在他的公司名下。每次滴城楼房价格上涨时，我的同学都会因听了他们爸妈的话，恶狠狠地骂我一顿，说我父亲垄断房市，操控价格，旧楼涨价还没完，新楼就一房难求了。

关于那些谩骂，我是听在心里的，但邵灿烂并不在意。

忘记交代，这个叫“邵灿烂”的，是我的亲妹妹，我们是龙凤胎。

之所以叫“灿烂”，是因为母亲喜欢那种威风张扬的感觉。

最早她希望我们一个从政，一个从商。她对我的期待是从政，希望我管天下的所有大事，因此给我起名叫“邵管所”。她对我妹妹的期待是从商，希望她可以暴富，因此给她起名叫“邵富”。

后来觉得实在都不妥当，这才给我们改掉。

我妹叫邵灿烂。

而我，叫邵灿然。

可我的性格并不像名字那样“灿然”，事实上，我整个人都阴郁透了。

二

我被那些坏学生盯上，已经不是一天两天了，只不过他们没想到，我竟然没有随身带钱的习惯。

第一次被堵在男厕所，他们把我口袋翻了个遍，也没找出来一张人民币。其中有个胖小子急了眼，让其他几个人把我按住，然后他脱掉裤子，朝着我身上撒尿。

一边尿，一边笑，没多久我的裤子就湿了。

等从男厕所出去之后，他们还跟在我身后，拍着手大声喊：“尿裤子啦！尿裤子啦！”

他们笑得前仰后翻，惹来旁人好奇的眼光，还有嘲笑。

我闻着身上的尿骚味，没有流下一滴眼泪。

上课铃响了，我没有勇气带着一身尿骚味回教室，于是就站在原地看着他们咧嘴笑我，朝我竖起中指。

我独自走到体育场的天台上，望着蔚蓝的天空发呆。明明已经站在了最高的地方，可那些云还是离我好远好远，没有飞鸟，没有轻风，没有透明的日光。

后来我妈知道了，冲到校长办公室拍着桌子要求彻查此事，校长连忙点头，叫上德育主任，带我一个班一个班地指认那几个欺负我的坏小子。

在高一六班，我看到了他们，我用直勾勾的眼神盯着他们看，校长和主任就站在我身后。

“这个班有那几个人吗？”主任问。

与我对视之后，他们飞快地低下了头，懦弱的神态被我尽收眼底。

没来由地，我笑出了声，原来再坏的人也会有害怕的时候。

“没有。”我昂起头，面带着微笑说。

“这里没有胆子那么大的人。”我又补充了一句。

转了一圈，我也没指出来个所以然，我妈急坏了，我却满不在乎。

我不想把事情闹大，他们应该再也不敢了，更何况，我已经得到了内心的平衡与满足。

第二天放学，我刚出教室，就发觉又有人在身后跟着我。

下楼梯时，我用余光扫了扫，是一个比我高出一头、瘦高瘦高的男生。我特意加快速度，走了另一条路出教学楼，然而他也走了这条路。拐出教学楼，我又换了条横穿花园的小路，还是能听到他尾随我的脚步声。

我回头，看见他垂着头，校服帽子扣在头上，双手插着裤兜，忽然加快了步子。

我心里想，完了，又被人盯上了，真是一波未平一波又起，早知如此，当初就不该对那些人心慈手软，就该把他们指认出来，让他们知道欺负人的下场。

我深吸一口气，加快了脚步，距离学校大门，只有不到两百米了。

隐约中，我听到他裤子发出的摩擦声，而且这个频率越来越快，声音越来越大，应该是离我越来越近了。

我的视线范围内，都是矮小的灌木丛林，我开始后悔走这条路了，他一定会把我拽到某个别人看不到的地方，然后肆意地欺负我。

耳朵里都是轰隆隆的声音，像山洞里涌进凶猛的洪水，吞咽口水的时候，我能感觉到喉头明显的疼痛，我的呼吸一点点急促起来，嘴唇干燥，眉开始紧张地皱着，心脏也扑通扑通地跳着。

我听到他的步子越来越近了！

回头吧，不要再活在恐惧里了！

如果他只是凑巧选了同一条路线，那就擦肩而过。

如果我回头，他也停了下来，那就和他决斗，或者……

人生起起又落落，

愿我们都能找到生活的真相，

并努力去热爱这个真相，

如果不能乘风破浪，

那就活成自己喜欢的模样。

《我和姐姐》

全世界 有你就好

还没想完，就感觉到他只离我不到一米远了。

我下意识猛地要回身。

没想到，他伸出右手，一把搂住我的肩，然后推着我一起继续朝前走。

从未有外人和我这样靠近过，我的眼睛睁得大大的，感觉身体被他裹挟着往前走。

“别回头，他们在后面。”

三

阳光有些刺眼，出了校门口，司机已经在等候我了。

由于光线有些强烈，逆着光，我看不清他的模样。只知道他把戴在头上的校服帽子摘了下去，头发只有半厘米长，像极了一颗发着光的卤蛋。

他朝我挥了挥手：“明天见！”

坐上车，我才意识到，我是被他保护了。

是的，这是我第一次被同龄的“朋友”保护，如果这可以算作朋友的话。

透过车窗，我看到他正沿着墙根走，依然是双手插着口袋，冷冷地低着头。

车子缓缓启动，渐渐超过了他，他开始在我的眼前倒退，和路两旁的梧桐树，还有学校发红发旧的墙砖，一点点消失在我的视线里。

那天晚上我失眠了，躺在柔软的床上，把头侧向一边。月光缓缓地从窗外流泻进来，宛如一层薄薄的棉被，铺在我的脚下。

他就像偶然到访的老友，像临时起意的约会，像一封经年寄出的信，忽然抵达失修的信箱。

那样意外，却有些温柔。

不知为何，原本简单的生活里，忽然有人让我挂想，这种感觉怪怪的。

“哥！”邵灿烂的声音打断了我的思路，她悄悄地趴在我的房门前，露出一双明亮的眼睛。

“干吗！吓我一跳。”我直起身子。

“嘿，你走神想谁呢？”

“别乱说！”

“被我说中了？哈哈，我口渴了，想去楼下倒水喝嘛。”

她总是这样，在外面叱咤风云的，在家里却像个胆小鬼。口渴了，就会喊我起来，让我陪着她去找水喝。

有时候喝多了想上厕所，会更麻烦，她半夜不敢一个人上厕所，每次都喊我起来，让我在厕所门口等着她。

所以厕所门口，总有一把我的专属板凳。

第二天醒来，我的脑子里还是有那个瘦高瘦高的影子，走路时，我会下意识地回头看，心也一直在紧张地打鼓，期待着他可以再次出现。

只是，直到放学坐上司机的车，他都没有出现过。

幸运的是，那几个坏小子也没有出现。

周末，我照常按照母亲的安排，去上了钢琴、奥数和网球课。说真的，以前我会格外期待周末的这些兴趣课，而现在，我只期待着下一周快点到来，我好有机会可以在学校里遇见这个奇怪的陌生朋友。

我必须承认，我想再一次偶遇他，想弄清楚他的来历，想弄明白他为什么要闯入我的世界，还要保护我。

崭新的一周开始了，如我期待，我遇见了他。

放学的时候，在教室外，我一眼就认出了那个瘦高瘦高的身影。只是这次他戴了一个口罩，头还是用校服帽子盖住，看起来像没有睡醒，有些精神不济的样子。

他没说话，从我走出教室后，就跟在我的身后，我故意放慢了步子，得以和他并排。

“为什么要跟着我？”我问他。

他没说话，双手插着兜继续往前走。

我们走的还是上次那条路，经过了学校的小花园，矮小的灌木丛，一如那天。抵达校门口后，他和我挥了挥手，甚至连句“再见”都没说，就低着头走了。

我不知道他是谁，不知道他的名字，也不知道他保护我的原因是什么。

只是知道，拥有一个朋友的感觉好像就是每天都迫不及待想见到他。

自那以后，每天放学，他都会在我的教室门口等我，然后一声不吭地跟在我身后，把我安全送到校门口。

不管我问什么，他都不开口讲话。

终于有一天，路过小花园的时候我停下脚步，转身挡住他，告诉他如果不回答我的问题，我就不放他走。

“你是谁？为什么跟着我？又为什么保护我？你想要什么？你住在哪里？我们以前认识吗？”

因为没交过朋友，我不知道该如何开场，所以这些问题徘徊在嘴边许久。

“我叫甄诚。”他像是猜透了我的心思，冷冷地说出这四个字。

“如果觉得叫起来怪怪的，也可以给我起个外号。”

显然，他对自己的名字也没什么自信。

“等我好好想想，给你起个什么外号。”

我若有所思地说。

四

经过那次短暂的交流，我们大概成了朋友，我们都对友情没有准确的定义。

如果每天放学他跟在我身后算的话，如果升旗做操的时候隔着很多个班级互相眺望算的话，如果在学校遇见了会心照不宣撞一下彼此肩膀算的话……

那，我们就是朋友。

慢慢地我发现，他和我一样，也不善言谈，性格内向的他在学校也没有朋友。如刺般的短发，瘦削的个子，再加上脖子上的一道疤，使他浑身散发着“生人勿近”的气质。

有一次我盯着他脖子上的伤疤看，他告诉我：“小时候不听话，叔叔拿鞭子抽的。”说这句话的时候，我瞥见他凸起的喉结上下拨动。

甄诚的父母离婚了，母亲改嫁给一个皮具店的老板后就消失了，父亲因为酗酒后犯了强奸罪被抓进了监狱，甄诚只好投奔了叔叔家，是叔叔把他养大的。

一开始他还会放声大哭，可后来，他发现哭对叔叔来说是不管用的。或者说，哭对于一切加害者而言，都是不管用的。

于是他停止了哭泣。他说，如果眼泪管用的话，这世上就不会有悲伤了。我赞同他的说法，所以我可以把他对我的保护理解成“我们是同类”。

可这世上像我一样胆小又普通的人太多了，为什么偏偏跟在我身后呢？关于这个问题，我不止一次问过他，但每次他都说，以后再告诉我。

我意识到自己有些得便宜卖乖后，也就不再追问了。

坦白说，认识甄诚以来，我的日子变得快乐了一些。上完网球课，我会带着甄诚一起打球；上完奥数课，我会拿出甄诚绝对不会做的奥数题，故意为难他；我会逼他听我演奏钢琴曲，还要他必须竖起大拇指。

甄诚的成绩并不好，我也很一般，但好像两个人一起，就会多一些勇气和力量，所以就算我们是成绩榜里最不会被注意到的两个人，但努力也未曾从我们的字典里消去。

我慢慢意识到，只要努力，就会有人认可你的价值。

当我们互相勉励的时候，我知道，我的生命不再是一条孤单的曲线，它有了能被触碰到的交点。

“哥，我发现你最近有点不一样了。”邵灿烂跟我说。

“怎么不一样了？”

“好像，没有以前那么阴郁了，也比以前爱笑了。”

“是吗？”

我慌慌张张地躲掉，反复对着镜子试着弯起嘴角，变得爱笑了这件事，竟连我自己也没发现。

但我确定，这是真的，变得爱笑了这件事，我能感知到。

甄诚剪了更短的头发，脑袋更像光秃秃的卤蛋，会让我笑；甄诚考卷上驴唇不对马嘴的答案，会让我笑；甄诚戴反了的帽子，会让我笑；甄诚下课晚了急匆匆又满头大汗地赶来，会让我笑。

我是真的，好像渐渐变得有点快乐了，那种感觉就像每天早晨都是被阳光吻醒，每天夜里都是被星光接去梦乡。

日子过得飞快，头顶茂密的梧桐叶枯黄飘落，阴云换晚霞，春夏和秋冬交替，一年四季，时间一去不留痕迹。

在这看似漫长的日子里，我们度过了只属于两个人的静谧时光，我们在秘密花园里背文言文，去教学楼天台上拼写难记的英文单词，默契地在食堂的同一个窗口打同一道菜，我飞快地长个子，每顿饭都吃很多，可是甄诚好像总是没什么胃口，吃几口就说饱了，他越来越瘦。

我们两个最孤单的人成了朋友。

那种快乐真的简单又难得，从早上睁开眼来，就期待着快点去学校见到他，而每天最不舍的，就是坐上私家车的前一刻，之后我只能看着他戴着扮酷的帽子，成为我车窗里向后退的风景。

那时候我曾想过，那么要好的朋友，应该会相伴一辈子吧？

五

甄诚知道了我的成长经历后，觉得很诧异。

他说我每天都在母亲的掌控之下，活得就像一个传送带上的产品，被小心翼翼地送去上学，又被完好无损地从学校这个传送带上接出来，送回家。

这实在太不酷了，他说我应该有自己的生活和世界。

他建议我这周五放学之后，逃离等在校门口的司机，两个人去疯一次。

我答应了他。

逃离的前一晚，我彻夜失眠，没有一点紧张，反而特别兴奋和期待。

好像干涸了几年的河沟即将迎来暴雨，好像终于钻出壳的鸟准备翱翔天空，我等待着属于我的自由。

第二天上学前，小机灵鬼邵灿烂看见我，问我今天是不是要做什么大事。

我心虚地问：“你在说什么？”

“总感觉你今天怪怪的。”

我犹豫了再三，还是告诉了她：“我今天上完课要和朋友出去玩。”

“什么？你不怕妈说你吗？”

“要是怕的话，我就不会做了。”

“带上我行吗？”

“那可不行！”

邵灿烂好像很是失落，看来她和我一样，也渴望着一场逃离。我再三嘱咐她，让她千万不要告诉母亲。

她答应了我，至少我们还是统一战线的。

巧合的是，那天天很阴，空气闷闷的，显然正在酝酿一场暴雨。甄诚说，我像极了肖申克监狱里的安迪，要在一个风雨交加的夜晚，逃出围困我已久的牢笼。

下课铃声响起的时候，我去厕所换了一身衣服，又戴上甄诚给我的大大的草帽，谁也认不出来。

他举了一把土蓝色的伞，和初次见面那天一样，揽着我的右肩往前走。

“别抬头，就看着脚下的路走，司机看不到你的正脸，就认不出你。”

我听他的，努力按着剧烈跳动的心，一步一步往外面的世界挪。

那是我第一次做一个叛逆的孩子，想要逃出母亲为我设定好的世界。那种感觉似乎会上瘾——越张扬，越满足。

硕大的雨点砸在地上，溅起飞舞的水花，偶尔轰鸣的雷声，让视线更加模糊了。

出了校门，我们开始往西走，直到走了五十米左右之后，甄诚突然掀翻了我们头顶上的雨伞，咧开嘴发出“呜呼”的叫喊声。

大雨瞬间泼洒在我的脸颊，冰凉的雨滴打在我火热热的皮肤上，我才意识到，我逃出来了，今夜可以不回家了！

“呜！呼！”

甄诚在我前面跑起来，时不时回头，朝我大笑。

他笑起来可真好看，干净得像阳光下的向日葵。

“来啊！”甄诚冲我招手。

拐个弯，我们走进一条小巷，只见他冲进雨里，用脚踢踏着深深浅浅的水洼，在雨中跳起了踢踏舞。滑步，向前冲，肆意地跳在水洼里，周围没有任何人，世界仿佛只剩下我们两个，尽情快乐。

或许是压抑得太久了，又或许是想起遇见他之前的孤单，在这一刻，这些难过的情绪好像马上就要燃烧爆炸。我呐喊着，冲进雨中，将被压抑的情绪毫无保留地暴露在这个世界里。

吞噬吧，深藏吧，湿透吧，晾晒吧，随便什么心情，都在此刻消融，谁也不需要觉得自己比谁卑微又或者快乐一些，我们都是这个世界上完全相同的存在——感受着不起眼的解脱，也接受着身上的枷锁。

那天晚上的雨很急，但没多久就停了，夜空像被洗过了一样清澄，钻石般的星星发出璀璨的光。我记得有轻轻的风声，有散在眼前的灯火，有黑黢黢的流浪猫在撒娇，也有拖着疲惫身体回家的人。我还遇到了一位推着煎饼车的大姐，她灰头土脸的样子写满了丧气，或许是因为这场严重影响她生意的暴雨吧，煎饼车上的字我看不清，但似乎这辆车刚被人破坏过。

不管了，反正此刻的我快乐就是了。

淋过这场大雨后，甄诚带我来到他家楼下的一家烧烤摊，我从没有在这样的地方吃过饭，当然更没喝过酒，显得拘谨又怯懦。可面前的甄诚跷着二郎腿，像个大人一样，招呼伙计，点了几把烤串和两瓶冰啤酒。

“干杯！”我们两个一起笑了。

一旁坐着一对正在过生日的姐弟，他们用可爱的笑容看着我们，似乎也懂我们年少的不羁与轻狂。我对那个不讲话的寿星男孩大声说：“生日快乐！”

男孩好像是聋哑人，他用手语回答我：“谢谢。”

这是我第一次主动和陌生人这样搭讪，要谢谢他才是。

只喝了一点没有酒味的啤酒，我们的脸就红了，我俩像两摊烂泥一样，彼此靠着。

“原来你酒量也就这样啊。”我打趣甄诚。没想到他完全没顾我的打趣，而是问我：“现在还会不会感到孤单？”

我说：“会，但相比于之前，已经满足太多。”

我知道，生活从来没有一直顺遂的，不管现在过成什么模样，未来都会有感到失落的那一刻。

看他沉默了，我侧着头看过去，夜晚昏暗的光线似乎把他俊挺的脸型勾勒得更加清晰，少年感十足的样貌，善良的眼眸，说起话来温柔的语气，我眼前这个闪闪发光的男孩啊，正是那个被父母抛弃的孩子。

他明明那么好看，那么迷人，那么充满魅力。

只是他似乎又瘦了，这家伙难道每天不吃饭吗，还是怎么吃都吃不胖？

要让他长点肉，我在心里默默想着。

随后甄诚又带我去了我从未去过的游戏厅，在喧闹的环境里，我们开赛车，打怪兽，玩投篮机，用光所有游戏币，却也没抓出来一个娃娃。

他还带着我去了他小时候常去的便利店，买了吃了心情就会好的彩虹糖，路过一个小学时，甄诚说，曾经的小甄诚就在这里读书。

那晚，我睡在甄诚的单人床上，他在地上打地铺，我们感慨着今晚真愉快。

他说："撒野也好，任性也罢，生活总归需要这样的释放，在找到真正的答案之前，我们都需要一个出口，短暂地喘口气。"

我点头，并没有意识到他看不见我。屋子里变得安静起来，就在我以为他已经睡着的时候，忽然听到他说："我曾经和你一样。"

"什么？"我没听明白，侧过身来看着他。

他坐起来，靠在一旁的桌子腿上说："你不是一直问我，为什么要保护你吗，我现在可以告诉你，那是因为，我曾经和你一样被人欺负，那时出现了一个保护我的人。"

我瞪大眼睛，难以置信地看着他。

甄诚笑了，他的脸上又出现了病态的颜色，可是依然很明媚好看，像极了窗外清亮的月光。

我迫不及待地问："是谁欺负你？为什么欺负你？谁保护了你？欺负你的人还在吗？"

一着急，我社交无能的症状就又显现出来了。

甄诚笑着摇摇头，说："那是三年前的事了，不知道谁把我父母离婚的事传了出去，班上有几个坏学生就开始捉弄我，说我是没人要的可怜虫。他们也曾经把我堵到墙角向我要钱，那个时候我很懦弱胆小，不敢告诉任何人，实际上也没有我能倾诉的人，于是就任由他们欺负。直到有一次，我在校外被堵时，一个哥哥冲出来保护我，把那些坏孩子都吓跑了。后来，那个哥哥怕他们还会欺负我，就每天默默地跟在我身后，送我回家。"

我呆呆地看着甄诚，这似乎是我们相识以来，他第一次一口气说这么多话，我听得无比专注，生怕遗漏了什么。

"这就是你保护我的原因吗？"我问。

"一方面算是吧。"甄诚说。

"那另一方面呢？"不知道为什么，我总觉得他还有好多话没说，我也忽然有好多话想对他说。

甄诚伸了个懒腰，继续说："另一方面，是因为我看到了曾经的自己，那个活在泥泞里的自己。"

说这话的时候，甄诚沉默了几秒钟。

"那天营救我的哥哥其实是一名青年作家，我很喜欢他写的《全世界有你就好》。他跟我说，如果有一天我变得不胆怯了，要记得去保护那些胆怯的人，因为我清楚地知道，被欺负、被孤立是什么感受。其实那次你湿着裤子从厕所出来时我就看到你了，那一瞬间，仿佛我看到的那个人是我自己。”

我有点恼怒：“你是因为可怜我才和我做朋友的吗？”

“当然不是。”甄诚低下头，好像有点不好意思，“我觉得我们是同类，都没有朋友，都被锁在自己的世界里，算是同类相吸吧。既然是同类，我觉得你也可以像我一样变得勇敢，直到有一天，可以去保护其他人。”

我没有说话，过了很久，甄诚又说：“我很喜欢和你在一起，很快乐，谢谢你愿意和我做朋友，让我感受到了有朋友的感觉，我对现在的生活很知足。”

说这句话的时候，他眼眸里的真诚缓缓地流泻出来，柔软得像丝绸。

“我也是，你是我最好的朋友，也是唯一的朋友。我现在也很快乐。”我笃定地给着他回应，我坚信好的感情是对等的，是需要一比一的回应的。

可甄诚却沉默了，过了好久他才说：“以后，你还会有很多好朋友的。”

我感到有点不安。

虽然我也有过这样患得患失的感受，虽然曾经的“海誓山盟”很可能无法实现，到头来各散天涯，但此刻，就此刻，我还是想把他放在我心里唯一的朋友的位置上。我说：“不，我不要别的朋友，最好的朋友，我只要你一个。”

甄诚从地上爬过来，头轻轻靠在床边，歪歪的，古灵精怪的。在距离我很近的位置上，甄诚直勾勾地盯着我的眼睛看，他的眼眸忽闪忽闪的。

随后，他轻轻地敲了敲我的额头，抿着嘴唇一笑，眼睛眯得像弯弯的月亮，说："我会一直陪着你的，但你也要快点变勇敢。"

嘿嘿。

听他这么说，我才渐渐放松下来。我可太怕失去他了。

就这样，我们的友情又一次升温，我们彼此确认，各自许诺。此生我们都要做互相陪伴的好朋友。

我心满意足地睡去。

睡梦中，我感到寒冷，身体像被注了铅一样沉重，摇摇欲坠。

我做了很多个噩梦，梦见甄诚做了盗贼，被人发现了满街追着打；梦见我在湖中央撑船，却怎么也划不出半点距离；梦见父亲回家了，我哭着抱着他求他留下；还梦见，邵灿烂站在一个叫"飞达煎饼铺"的地方，吹着嘴里的泡泡糖，看着煎饼阿姨摊煎饼。

我发高烧了。

六

睁开眼时，我已经躺在医院了。

母亲急切的样子映入眼帘，她等我完全清醒过来以后，才开始问我为什么不和她打一声招呼，就躲开司机，跑到同学家里过了一夜。

我沉默着，不肯说一句话。

我以为自己是普通的感冒，却没想到是肺炎。

和母亲想象的不一样，我并没有因此感到难过，虽然浑身无力地躺在床上，我却感到真实的快乐。

没错，在我脑海里，那个明媚的夜晚依然发着清晰的光。

母亲并没有责怪我的那个玩伴，反而默许了他的存在，她没过问我他是谁，家境怎样，为何那晚要在他家过夜。毕竟她也知道，在我的成长过程中，我没有一个朋友，对于那个玩伴，母亲很是感谢。

甄诚得知我因为淋雨而患上肺炎，说什么也不肯面对我母亲，他总是偷偷在病房门口打转，等母亲不在的时候，他再悄悄溜进来探望我。

“对不起”三个字，甄诚已经在电话里和我说了好几次了，可见面时，他还是满脸自责地只会说这三个字。

“说什么呢！即使生病，我也觉得很快乐。再说只是一场小病，没什么的啦。”我轻松地说，好像我的病很快就能好起来。

他坐在一旁，随后又从背包里拿出一些小小的漫画书，它们被翻阅的痕迹很重。

“我小时候生病，就看这些漫画书，看完之后身体就好得很快，比吃药打针神奇多了。”

我接过来这些漫画书，里面夸张又绚丽的笔触，勾勒着一个又一个热血故事。这是我从未看过的漫画，因为母亲从不允许我买这些。

甄诚一边给我介绍故事背景，一边帮我翻开漫画，告诉我哪里让他感到很热血，他是怎么沉迷这些漫画，忘记身体的痛苦的。

等他抬起头，却发现我在一直盯着他看。

“看我干吗，看书呀。”他说。

我连忙把视线从他帅气的脸上移开，看向不知所云的漫画书。

再后来，他探视我时总是会带来各种新奇玩意，有一捏就会发出声音的尖叫鸡，有一浇水就会膨胀复活的小绿植，有看不懂的塔罗牌，也有可以饲养恐龙的小学生游戏机。

当然了，除了这些不正经的探望礼物外，他也会带来一些正经礼物。比如有带给我的奥数题，说是他好不容易才做出来的，让我也试试，和他比赛。

比如他还送了我一个日记本，要我养成记日记的习惯，他说记录下的每一天会变成记忆，牢牢地锁在记忆本子里。

他会费力地给我朗读新学的英文单词，然后偷瞄我一眼，看看我有没有嘲笑他。

他会给我读诗，大概都是一些让人敬畏生命的诗，他生怕好不容易快乐起来的我，又因为肺炎而阴郁起来。

他还给我叠纸鹤，这是他母亲教他的，据说叠好九十九个的时候，所祈祷的病人就会奇迹般地康复。他试过，没有效，但还是愿意为我叠。

为谁试过，甄诚没有说。

他想尽办法，就是为了让卧病在床的我，快一点好起来。

只是他不知道，他的探望，才是刺激我快点好起来的唯一动力。

住院的日子因为肺炎迟迟不见好而延长了，我又烦躁无聊起来，常常望着窗外的树发呆，有时候有飞鸟过来停驻，我多希望它能飞进窗子，闯入我的地盘，然而大多数时候，它们都是过客。

和我们遇到的人一样。

我知道，我们终将失去彼此，在某个时刻。

很显然，我又悲观了起来。

我的身体慢慢好些之后，就想出去逛逛。趁母亲不在，我便要甄诚带我出去玩。

他拒绝，不肯再带我冒什么风险，我一言不发，直勾勾地看着他。

无奈，他带着我来到顶楼的天台。风从四面八方灌进来，呼呼作响。

“呜！呼！这也太美了！你怎么知道我会喜欢这个地方的？”我大声问他，生怕大风会湮灭我的声音。

“唱歌吧！把你心里的声音都唱出来！”

他说，知道我喜欢天台，所以来医院看我的第一天就踩好了点。

那天我被坏学生尿湿裤子，独自跑去天台时，他就跟在我身后。所以他知道，我每一次难过时，都会去天台上听歌，戴着耳机，任风拂过，没有人理解我的心事，没有人共情我的悲伤。

我身体再好些时，他还偷偷带我出去打保龄球，那是我第一次打保龄球。甄诚百发百中，缺乏运动天赋的我能把球抛出去就不错了，偶尔砸倒几个目标，我高兴得像中了头奖。

甄诚在一旁鼓舞着我，我不管别人，只想心里的那个目标。

看着似乎是被命运送来我身边的甄诚，我迎着风，流下了眼泪。

我能确认，他就是天使。

就是我的天使。

七

在甄诚的陪伴下，我的身体终于康复，可以出院了。

回到学校后，母亲对我盯得更加严了，她专门派了两个人接送我，生怕我再出一点事。为了确保我不再做“傻事”，她还找人叮嘱甄诚，让他和我保持距离。

那段时间，日子实在过得压抑。甄诚听了我母亲的话，很是生气，他说要和我保持距离，因为我母亲对他说我和他——“是两个世界的人”。

我去他的班里找过他几次，想替母亲道歉，但都没遇到他。

听他班里的同学说，他已经休学了，大家都知道，他肯定逃学去打电玩或者保龄球了。他们说，他本身就喜欢逃课打游戏，是个坏学生，没有人肯定过他。也因此，他只是在我面前装出爱学习的样子，期望得到唯一可能的来自我的肯定。

现在，装累了，一切就都崩了。

我不信，我认识的甄诚绝不是这样的人。

他有世界上最干净的眼眸，会在雨天像个天真的孩子一样踩水，会在乎我哪怕一点的不快乐，他就像他的名字一样，是真诚的。

可他就像人间蒸发了一样，没给我一个解释。

和甄诚失去联系后的两个月里，我变回了那个独来独往的没有朋友的邵灿然。

我又变得不快乐起来。

连邵灿烂也察觉到了我的转变，在家的时候，就陪着我一起沉默。

我早就知道，我是这个世界上最渺小的存在，所以我无时无刻不在否定着自己，不快乐，没有感到过热闹，与人疏远，没什么好成绩和真本事。

于是当有个和自己一样的人出现时，我就像抓住了救命稻草，拼了命地拽住对方，只想得到一个肯定的眼神。

可无论如何，我们都会有对彼此说再见的那一天。再炽烈的感情，都会有降温的时候；再亲密的朋友，也都会有走散的那天。我要学会的，是面对和接受。

尽管如此，我还是养成了习惯——每天放学经过他的班级时，朝里面望一眼。

有时候看到的是其他同学暂时坐着他的位置，更多的时候，是他空荡荡的桌子。

是的，他的书桌空了足足半年了。

直到我从他的班主任那里得到消息，原来，他去了北京，做最后的癌症治疗。

我恳请母亲，希望她能允许我去一趟北京。母亲无奈，只好带着我去往北京。

我从班主任那儿打听到了甄诚所在的医院，等我发疯般赶到的时候，他穿着满是条纹的病号服躺在床上一动不动。

本就不长的头发已经被剃得精光了，露出一颗光秃秃、明晃晃的脑袋。

看着他没有任何血色的脸，两行滚烫的热泪瞬间就从我的眼眶里涌了下来，划过脸颊时，热热的，辣辣的，就好像那个出逃的下雨夜。

我慢慢走向他，说不出一个字。

就好像第一天相识。

过了好久，我才笑着哭了出来——

“卤蛋！”

“还记得第一次见面的时候吗？你说你叫甄诚，如果我觉得你的名字怪怪的，就给你起个外号。其实那时候我就已经想好了，你亮亮的头简直就是个卤蛋！”

说这句话的时候，我的眼泪混着鼻涕，从努力撑着笑容的嘴角流下。

甄诚的眼角微微抽动。

“你怎么躺在这里呀，为什么忽然不理我了，怎么不继续走在我身后了？你起来吧，我不生你的气了，换我给你念诗，给你叠纸鹤……”

我从书包里掏出来一本用牛皮纸包的书，轻轻放在他的枕边。

是那本他送给我的漫画书。

“你说过，翻完这本漫画书，就会出现奇迹，我决定了，每天都在这里翻给你看……”

我拍着胸脯对他说：“千纸鹤，明天我就叠！”

……

甄诚的癌症已经到了晚期，医生说，如果他还有什么想做的事，就尽量满足他。

原来早在几年前，甄诚就确诊了，那时已经没有治愈的希望。母亲失去联络，父亲在监狱服刑，叔叔一天到晚为医疗费发愁。从一开始的恐惧，到难过，到释然，再到决定好好过完最后的时光，都是甄诚一个人挺过来的。

怪不得他吃得很少很少，怪不得他会越来越瘦。

我不知道他是怎么走过来的，在遇到我之前，他一定很孤独。

而那晚他说希望我快点勇敢起来，肯定是担心有一天他离开了，我会继续被欺负。之所以假借被母亲的话所伤疏远我，也不过是希望能逐渐淡出我的生活，让我早日习惯没有他的日子，让我忘了他，让我不要因为他的离开感到太难过。

可是……

这么好的甄诚，我怎么可能忘呢？

他小看我了，也低估了我们之间的情谊，我好生气，好想揍他。

然而现在的他，却连呼吸都变得困难，虚弱地躺在床上，没有丝毫还手的能力。

八

又是一个下雨天，雨水用力打着窗子，敲得人心里慌慌的。

以前我是喜欢下雨天的，只是后来的每一个下雨天，我都会变得很难过，总觉得是老天爷哭着来接甄诚了。

在他的病房里，我找到了一个日记本，和他送我的一模一样，上面写满了他的心事。

翻开扉页，“遗愿清单”四个字立在眼前。

原来要我写日记的时候，他已经在记录，正如他所说，我们逝去的每一天，都要以文字的形式被记得，这样才能永恒地锁在记忆格子里。

遗愿清单里，有些条目已经被画掉了，还有一些条目后面写着待完成，我仔细地阅读那几行。

“和灿然再打一次保龄球。”

“和灿然再去一次烧烤店。”

“和灿然再比一次游戏厅里的赛车。”

“谈一场恋爱。”

……

除了最后一个愿望，我都尽量满足他。

我下载了一个保龄球游戏，自顾自地瞄准，然后自欺欺人地等甄诚抛来一个让我发射的眼神，如果命中，我就鼓掌，归功甄诚，如果没命中，我就说是我没命中，下一位才轮到传奇选手——甄诚。

我从烧烤店打包了烤串，还有一瓶啤酒，坐在他的病床边，独自吃，独自喝，独自泪流满面。想起上次在老家吃烧烤时店家和我说，他知道甄诚得了癌症，又是未成年，所以卖给我们的啤酒都是无酒精的“啤酒”饮料，整个店就这一箱，也只为了这个爱装大人的甄诚准备。

喝着啤酒，我想，他是多希望我和他一样，变成不被人欺负的勇敢的大人啊。

后来我还去了游戏厅，给甄诚录了我打赛车游戏的视频，让他快点好起来和我比拼。

只是他很少回应我，只会躺在病床上一动不动。

在一个阴天，甄诚走了。

九

甄诚的葬礼很简单，他叔叔操持了一个简单的灵堂。

我穿着一身黑色衣服，双目无神。

灿烂虽然与甄诚接触得不多，但她也陪我前来，凝视着他哥哥最好朋友的遗像。

葬礼上，甄诚的叔叔念了他最后留下的道别书。

其中有一大段是写给我的。

“灿然，我最好的朋友。

“从天台上见到你的那天，我就知道，我们能成为朋友。因为不管我们有多孤单，这个世界上永远都有我们的同类，我们终会遇到。

“况且你是那么优秀，我时常觉得，我必须双手插兜，戴上帽子，走在你身后保护你，才能比你酷一点。

“我知道你喜欢网球，可我喜欢带你打保龄球，我就是想告诉你，有时候人生不像网球比赛有对手，而像保龄球场，对面并没有敌人，你要战胜的，只有你自己。

“我知道你也觉得钢琴课无聊，那就多去天台吧，戴上耳机，把歌唱出来，当风吹过的时候，把我们的故事说给它听，秘密只有风知道。

“我当然还懂得，你一点也不想按你母亲的设想考入清华经管系念经济学，继承家产，你想考医学专业，做一名医生，那就努力冲啊，哥支持你！

“带你喝‘假’酒还骗你说喝醉了，确实是哥的不对，这点错误我必须得承认，但我不是想逞强当大人，我只是想让你知道，不要强迫自己做一个完美的小孩，偶尔犯个错，也没什么大不了的。

“我不希望你的神经还是那样紧绷着，脸拉得比阴天还丧，毕竟没哥陪着，怕你不开心嘛。

“对了对了，日记一定要写，我会不定期抽查，还有我交给你的漫画书，千万要留好，它真的会带来奇迹！还有给你叠的千纸鹤是不是很管用，你看你肺炎多快就康复了！虽然在我身上貌似不太管用……”

听到这里，我的双眼已经模糊。

原来那个傻傻的他所做的一切都是为了我。雨夜出逃，赛车游戏，打保龄球，每一件和我一起做的事，都有他想告诉我的道理。

汹涌的泪啊，像决堤一样疯狂。再也止不住的呜咽，如同即将发动的火车在鸣笛。我强撑着已经没什么力气的身体，脑海里都是那个笑容灿烂的卤蛋。

我哇哇地哭啊，哭啊，用力地哭啊，哭啊，失去一切理智，没出息地跪倒在地上，头已经昏昏沉沉，四肢丧失力量，思绪早就飘到了另一个地方。

我最好的朋友啊，我的天使甄诚，我怎么能没有你，你明明知道，你是我生命里唯一的阳光。

……

在信的末尾，他说——

“灿然，你这个爱哭的胆小鬼，是不是又哭啦！

“好了，要记得做一个酷酷的人哦！

“最后我想告诉你，你不要担心我，其实我走得很快乐，没有一点遗憾。

“我长这么大，所有愿望清单里的愿望，都已实现。

“长风吹拂，云漫轻轻，我们终会天上见。到那时，不出意外，你已经是一个小老头儿了，而我还是现在的样子，如果我没认出你，你一定要记得喊我哦！哈哈，这句浪漫的话，是我的病友飞达教我的。

“嘿嘿，以前给你打电话，总觉得你啰唆，听着听着就想说再见挂掉电话。这次换成我，写了那么多，可还是不想写结尾……

“因为我不知道怎么写结尾……

“好啦，那最后再告诉你一个秘密吧，在身后保护你的第二天，你没有见到我，也没有见到那几个坏学生，是因为那天我一打四，成功把他们打跑了！虽然被他们打得鼻青脸肿，但我是豁出命了和他们拼，我流着血还逞强着告诉他们，你是我要用命保护的人。他们看我像是不要命的神经病，全都吓跑啦，哈哈哈！所以后来再尾随你的时候，我戴了口罩，不想让你看到我受伤，那得多丢人……

“好了好了，不说了，不然信纸都要写不下了。我相信，我要说的，没说的，该说的，不必说的，你一定都懂。

“那就好了。

“那……那就……拜拜啦？哈哈哈，好吧，拜拜拜拜！

“你的卤蛋天使，全天下最真诚的甄诚……”

听完这封信的结尾，我已经哭得失去了知觉，我明白了一切的答案，与此同时，我却失去了此生最重要的这个人。

一个小女孩上前扶起了我，给了我一个拥抱。

我记起来了，她是和甄诚在一个病房的那位病友，名字叫飞达。

那天我做梦，梦见妹妹站在“飞达煎饼铺”旁边吹泡泡糖，如今就见到了这个煎饼铺的主人公，我感到命运有时就是兜兜转转，缘分使然。

我想，或许在某个地方，我会和甄诚再次遇见，以某种我不曾预料的方式。

和他说完再见，天空忽然下起了很大的暴雨。

我知道，一定是甄诚不舍得走。

他在和我说：“邵灿然，和我冲进雨里一起跳舞吧！”

我的父亲死于癌症，在我很小的时候，我就许愿自己长大后可以成为一名医生，研发出根除癌症的药方。因此当被人嘲笑是一个和自己父亲进行凡尔赛式较量的怪小孩时，我并不愤懑，我清楚地知道，我这样努力，不是想超越他，而是想找回他。

现在，又多了一个人，让我充满这样天真的勇气。

我将勇敢起来，拼命努力，不再恐惧任何一场风暴，为了所爱之人，我要炽热，我要疯狂，我要轰轰烈烈。

像一颗冲进雨里起舞的卤蛋。

MY DAUGHTER WILL FLY

飞黄腾达

一

已经有些日子没在永安里见过谭姐了，这里热闹依然，生活如旧，人来人往，就像她从没来过一样。

随着她一同消失的，还有那总是弥漫着香味的飞达煎饼果子铺。

谭姐在永安里的南门卖煎饼。每天天色微亮，她就会推着一辆装置简易的三轮车，停在南门这里。永安里是北京比较高端的小区，物业管理严格，北门只能进出机动车，所以南门成了行人流量最大的地方。

谭姐舀出一勺面糊，在饼铛上逆时针推开，有刺啦刺啦的声响，随之飘散开来一股浓郁的面香。她继续手法熟练地敲开两颗鸡蛋，均匀地打在面饼上，随即刷上两层秘制的酱料，再放上一块酥脆的薄脆，撒上大把的黑芝麻，最后用葱花点缀。

一道道程序都利落极了，容不得半点火候和时间的错失。

新鲜的葱花弥散着清芬，即便被炙烤，也没有一丝萎靡，反倒是像在面饼上跳舞，和着这一清早的忙忙碌碌，一起融成偌大的北京城里一隅小小的风景。

谭姐的煎饼至少有两颗鸡蛋，她固执又自信地认为，蛋必须包裹住整个煎饼，每一口咬下去都要有蛋的香软，这样的煎饼才叫到位。

所以在她的煎饼摊，这多出来的一颗鸡蛋是送的，不收钱。

为了她自己的执拗。

不知情的客人看到谭姐拿起第二颗鸡蛋，通常都会制止她，生怕她多收钱。

每每这时，谭姐就会指一指煎饼车上贴好的纸，上面写着：第二颗鸡蛋免费。

她一边暗自笑着，一边嘟囔着："这样才好吃。"

谭姐总有些奇怪的信仰。

在谭姐这儿买煎饼的，多是永安里的住客。永安里附近还有一大片房况较差的住宅，再往远处一点，地就更荒，房子也更差一些了。

而谭姐就住在那片更差的区域里——破败凋敝的平房区。

像砖头下腐烂的苔藓，像墙根里藏匿的鼠洞，这些破败凋敝的平房有几近剥落的墙皮，陈旧脆弱的大门，污水遍布的地面，还有凌乱堆砌的杂物和一股股恶臭的味道。

因此不能说这是谭姐的家，只能称之为她的容身地。

房子是合租的，十几平方米的地方住了四个人，厨房和厕所都在大院子里，要和另外几间房子的人共用。

谭姐住在进门左手边的上铺，每个月需要支付两百块房租，这比下铺要贵五十块，但她也情愿支付。

因为喜好干净的谭姐，不喜欢有人坐上她的床。

床是老旧的铁架床，年久失修，翻个身就能听到床身发出不耐烦的咯吱声，而四人一室，难免会有打扰——下铺睡的是附近一个小酒店的前台姑娘，对面是一个裁缝，还有一个苍蝇馆子的服务员。

她们都觉得谭姐格格不入。

谭姐的床上装了一扇拉帘，平日里她总是拉着帘子，神神秘秘，不让人看到里面狭小的空间。有次趁她不在，那几个合租的女人偷偷拉开她的帘子，讶异地看到她叠得整整齐齐的床铺，熨帖平整，墙头倒挂着一盏浪漫的迷你吊灯，打开开关，吊灯会发出温柔的光。

枕边放了一本包着牛皮纸的书，叫《全世界有你就好》，墙上还贴了一幅用画框裱好的水彩画，画中一个女人牵着一个小女孩，她们坐在月亮上。从稚嫩的笔触可以看出，画这幅画的应该是个孩子。

区区一方狭窄空间，俨然一个平静美好的小世界，根本想象不到这里住着一个被生活重压着的中年妇女。

刚来北京的时候，谭姐早上卖煎饼，下午去做家政小时工，晚上跑跑周边的饭馆端盘子，几乎一刻都不停下来。

每个周末，她还要跑去医院做护工。

后来她发现，自己做煎饼的手艺在这个大城市竟然是稀缺资源，早起排队买煎饼的人越来越多，甚至有人还提出想在午饭时间买。

察觉到这个生意不错之后，谭姐就不再做别的工作了，而是专心卖煎饼。

从普通的煎饼，到紫米面、绿豆面、五谷杂粮面煎饼，她不断研发着新的品种，煎饼的内馅也从只有薄脆，丰富到还可以添加各种肉食、蔬菜。

飞达煎饼铺的生意越来越好，口碑相传，顾客也越来越多，最忙的时候，这个小小的煎饼摊甚至要排队二十分钟。

面对长长的队伍，谭姐心里充满了神圣的敬畏感，她丝毫不敢怠慢老天的这番馈赠，埋头利落地摊煎饼，片刻不休，双手已经形成肌肉记忆，制作出一个又一个美味的煎饼。

一般情况下，早上八点和中午十二点是飞达煎饼铺的客流高峰期，过了下午两点，就没什么人了。这时候，谭姐才顾得上给自己也摊一个双蛋煎饼，坐在路边咀嚼。

吃着吃着，她的思绪会飘向远方，什么也不用想，什么也不用做。在车水马龙的街道旁，这是她一天里觉得最安宁和放松的时刻。

等回过神来，她就骑着三轮车回家熬酱去了。

在熬酱这件事上，谭姐的手艺是一绝，从菜市场买来新鲜的黄豆制成香浓的豆酱，里面还加了萝卜干、笋干和豆豉，这是谭姐家祖传的秘制配方。接着再煮一锅香香甜甜的蒜蓉辣椒，储存在罐子里，以供第二天使用。

谭姐是靠良心做生意的，煎饼里的蔬菜都是早起从集市买的当日最新鲜的，油不用第二次，做的酱料也只在冰箱里储存一天，她说，冰箱质量不好，放久了就会串味。

和第二颗鸡蛋免费、叠得整整齐齐的床铺一样，谭姐有她自己的固执与坚持。

随着生意越来越忙，她不得不在煎饼车上挂一个付款的二维码，每个排队买煎饼的客人都可以先扫码下单，等取煎饼的时候，给谭姐看看付款界面就可以。

但偶尔忙起来，谭姐顾不上看那么仔细，就会有人偷偷地用假的界面糊弄她。她数过，每周都有几天，账是对不上的，收回来的钱总是少那么几单。

“骗我的钱，良心要遭天谴。”谭姐迎着北京呼啸的寒风，吃力地蹬着三轮车。

她根本不知道，这漫长的北漂生活，何时才是个尽头。

二

靠着精湛的手艺，谭姐赚到了一笔还算可观的收入。

她粗略计算过，一天下来，赶上生意好的时候，能赚到一千块；要是天气不好，保底也有六百块。一个月就是两三万的收入。

一天，做裁缝的那个室友去永安里送衣服，恰巧看到了排长队的飞达煎饼果子铺，看这生意好成这样她就知道，谭姐能赚不少。回去后，她和服务员、前台小妹转述了这个情况，言语之夸张，充分表达了对谭姐生意的羡慕。

“她一个月能赚这个数吧？”服务员小妹伸出一个手掌。

“赚这么多，还能跟咱们住一起？”前台小妹不屑地说。

“那谁知道呢。”裁缝也不懂。

等谭姐回来后，服务员小妹对谭姐殷勤了起来，拉着裁缝买了一些啤酒，三人就在院子里小酌起来。两人先是问一些有的没的，然后才把话题引到煎饼铺子上。

“没想到你的煎饼铺子还是个网红店呢！”

“网红店？”谭姐没听过这个词。

“就是很火爆的意思。”

“那倒也没有。”

服务员小妹表明了自己的用意：“谭姐，你要是忙不过来，可以招个下手，干干杂活。我老早就想换事做了，我做服务员也好久了，熟悉各种顾客的脾气，肯定可以胜任的。”

她在原先那家苍蝇馆子打工，一个月才三千块，累死累活不说，还总要受老板的骂：面上没带微笑要骂，工服不干净要骂，服务不主动热情也要骂。

“可一个月就三千块的工资，哪儿来的力气做天使！”

这是服务员小妹的口头禅。

裁缝见状，也说要给谭姐补衣服，还说要织一件新毛衣给她。裁缝的命也很苦，跟着一个怪老头做事，时不时还受到他一点骚扰，日子过得闷火极了。

裁缝说，她可以学做煎饼，在谭姐旁边再支个摊子，打造连锁效应，消化更大的客流量。服务员小妹连声附和，说等打造出品牌效应后，就去租门面，把铺子做大做强。

两人举起酒杯，畅快痛饮，在酒精的蛊惑下，两人竟如铺子即将融资上市般兴奋。在酒店做前台的姑娘没说话，但也跟着点点头，示意认同。

谭姐静静地看着她们，抿了一小口。

夜色四合，柔软的月光从天角垂下来，如丝如缕，轻抚着人间烟火。谭姐说再考虑考虑，她知道，得意的时候有人巴结，失意的时候无人在意，那几双虎视眈眈的眼神背后，无非是廉价的、肮脏的嫉妒和羡慕罢了。

所以她是不会答应的。

一个夜晚，前台小妹鼻青脸肿地出现在门口，她怔怔地看着谭姐，忽然猛地跪在谭姐面前号啕大哭。

前台小妹工作的地方说是酒店，其实就是家廉价小旅馆，已经近二十个年头了，破旧不堪。老板无心花钱翻修，可听闻这几年要拆迁，所以迟迟不肯把店转手给别人。

勉强经营着的小旅馆，不得不靠拉低房价来获得客源，而这样的后果就是，住进来的这些客人不是流氓无赖，就是穷凶极恶之徒，他们被生活逼上死角，很容易趁着醉酒宣泄情绪，砸店闹事。

前台小妹这次就是遇到了一个情感不顺的男人，妻子和别人跑了，自己喝了一斤白酒，他砸了酒店的玻璃，扬言要和这个世界一刀两断。看到前台小妹报警，醉酒男人一怒之下把她殴打了一顿。

服务员小妹和裁缝见状，都上前拉着哄着，无奈地安抚着她。

要知道，平日里这个前台小妹是最要面子的，她骨子里有份清高，即便日子再清苦，也没有主动开口求过谁。因此早些时候，当服务员小妹和裁缝都主动提出来要给谭姐打工时，她也只是在一旁陪着点头，始终没有表现出任何卑躬屈膝的姿态。

而现在的她跪在地上，声泪俱下地恳求着谭姐大发慈悲给她一份工作，救她一命。

像极了一条狗。

谭姐面露哀色，没有说话，起身去院子里拿毛巾蘸了蘸凉水，然后敷在前台小妹的脸上，小声颤抖着说自己也没那个本事。

小妹不依不饶，她知道谭姐每个月靠卖煎饼是有不少收入的，于是乞求她能雇用自己，打个下手，做牛做马她都愿意。

可谭姐还是没有回应。

谭姐的沉默，就是一种回答，三个女人都明白了她的意思。

一阵沉寂过后，跪着的姑娘停止了哭泣，她瘫坐在了地上，用湿润的、恶狠狠的眼神盯着谭姐看。那个眼神，带着走投无路的绝望，穿过因为挣扎而散落在眼前的几根碎发，穿过室内昏暗的光线，穿过一切悲哀，直抵谭姐的心底。

像极了一把刺刀。

那晚谭姐没说话，默默地爬上了床。

她用双手抓着铁栏杆，一步一步向上爬的时候，却觉得自己似乎在坠落深渊。可同是苦命人，谁又能真的救得了谁。

她拉灭那盏迷你吊灯，侧躺着，失眠了很久才沉入梦乡。

第二天醒来，谭姐发现自己的车被砸得稀烂，轮胎被扎爆了，玻璃也被打碎了，就连车把都被拧得无法调整方向。

那是北京的十二月，清清冷冷，隔着厚厚的棉帽和围脖，谭姐感到一股股温热的液体在脸颊上流淌，她知道，这干活的家伙，如同她的命根子。

她伸手抹了抹眼泪，手套上还散发着熟悉的煎饼味，混合着三轮车把手的橡胶味、北京晨间雾霾的土味，一同在谭姐湿润的脸上缠绕。

谭姐把碎碎的玻璃碴都清理掉，又到附近找了修车铺换了轮胎，至于那个变形的车把，最终只恢复了一半模样。

谭姐心里清楚，车在住处是留不下了，迟早还会被这些女人再次破坏，所以在修理厂安装好崭新的玻璃后，她将三轮车暂存在了那里。

那天谭姐没有出摊做生意，修完车子后，她就去了趟医院。回家进门的时候，她平静极了，看不出任何情绪，没有愤怒，没有悲伤，她甚至也没问是谁干的。

房间里没人说话，大家都心照不宣，在这场灾难背后，藏着一场公开而透明的报复。

鼻青脸肿的前台小妹，眼神躲躲闪闪的，强撑着一副不知情的样子。

谭姐打开冰箱，端起昨天熬好的酱，丢到了外面的垃圾堆里，一桶面糊也都不紧不慢地倒掉了，她依然践行着自己内心的道德标准——面糊必须新鲜，酱也绝不能久放，即便是在这严寒的天气。

除此之外，她没再做什么。

本以为谭姐会大闹一场，没想到却以这样平静的氛围收场，三个女人觉得谭姐就像一个奇怪的铁人。

三

煎饼车得重新找个地方停，这是当务之急。谭姐想了很多办法，最终还是想求助老刘，让他帮忙解决停车的问题。

老刘是永安里南门的保安，五十岁出头，早些时候，永安里的物业不允许谭姐在小区门口摆摊，说影响社区风貌。后来谭姐挪了挪地，又花钱让老刘帮忙打点了一下关系，这才在永安里南门留了下来，毕竟南门是永安里行人进出的唯一通道，人流量最大。为了维护日常关系，谭姐时不时就会做个豪华版的煎饼给老刘送去，解决他的一顿午饭。

这次谭姐想让老刘再通融一下，允许她晚上把煎饼车停在永安里的自行车道里。

老刘收了谭姐买来的烟和两瓶白酒，又跟她要了每个月两百块的看护费，装模作样地答应了。

他跷着二郎腿，拿笔在废报纸的空白处给谭姐画了画自行车道的图，指指点点，告诉她哪些规矩要守，哪些地方不能停，婆婆妈妈地说了些永安里的规章制度，还不忘用训诫的语气问她听懂了没。

忽然，老刘伸出手摸了摸谭姐的脸，说天冷，别冻着了。

谭姐快速闪躲开，僵硬地赔笑，她强忍着不适，一遍一遍地道谢，这种被人骑在身上占便宜的感觉可真不好。

走出门岗，她抬头看了看天，虽然雾气重重，可光线还是有些强，她只好眯着眼睛看。

天空真辽远，一望无边，如果走到天边，要花好多好多年吧。

她这样想。

自打谭姐把煎饼车停在永安里的自行车道里，她就再也不必担心那几个女人搞破坏了。

那几个女人看谭姐每天背着大包小包的食材去永安里，心里多少还是有些过意不去，因此除了在水电费上极力地和谭姐算计，想尽办法让她多出一点以外，也就没再添什么麻烦。

她们不懂谭姐一个人在北京打拼是为了什么，照她们看，谭姐一个人吃苦受累，赚到钱却都存着不用，实在愚蠢。换作她们，早就离开这四个人挤在一起的小房间，去过好日子了。

谭姐依旧早出晚归，由于三轮车要留在永安里，她想着能多盯一会儿是一会儿，所以她把飞达煎饼铺的营业时间延长到了晚饭后，毕竟车是她的命根子，再经不起半点意外。

有天她收摊后，已经是晚上十点多，这时她看见老刘鬼鬼祟祟地走过来，说物业发现了她乱停车的问题。

谭姐紧张兮兮地把摊子收拾干净，跟着老刘到门岗里。老刘说，谭姐不是永安里的居民，不住在这儿，就没资格把车停在小区里面。

谭姐皱了皱眉，难为情地用眼瞥了瞥老刘桌上的烟。

老刘立即明白了她的意思，于是故意提高了嗓门说，过去她就给自己添了不少麻烦，即便没把煎饼车停在自行车道里，也影响了永安里南门的风貌，那都是他给摆平的。

话里话外就是告诉谭姐，送的这些东西只能弥补她过去添的麻烦，可不代表现在。

谭姐颤着声音小声问，还需要些什么，这会儿附近还开着的小超市不多了，她得赶紧去买。

外面黑漆漆的，已经不知道是夜里几点了，有那么一刻，她觉得巨大的凄苦感从心底翻涌上来，仿佛生活从没把掐在她喉咙处的手挪开。

老刘摇了摇头，说不必，他来想办法。

听到这儿，谭姐才舒了一口气。

谭姐表达了感谢，说明天再去买点烟酒送来，拜托老刘多照顾。

只是她没想到，老刘突然伸出手来握住她的手，说在北京他们都是凄苦的可怜人，要抱团取暖，以后不用再这样客气了。

谭姐有些错愕，十几年没人碰过的手，不自觉地从老刘厚重肥硕的手里抽出来。

老刘叹了口气，说自己整日困在这门岗里，已经单身已经好多年了，说着又把手搭在谭姐的腿上，轻抚着她，说她也不容易。

谭姐立马起了身，她明白个中意味。

她正要转身离开，老刘一把拽住了她，用力地把她往门岗的里屋带。里屋甚乱，袜子和内裤悬挂在墙上，衣服散乱地在椅子上堆着，一张臭熏熏的床上，被子无比凌乱，收音机正无聊地播放着吵闹的节目。

谭姐用力地挣脱着，大叫着，老刘一手捏住她的脖颈，一手堵住她的嘴，双腿稍微一用力就把她推倒在了床上。

那股臭熏熏的味道瞬间钻进了谭姐的鼻腔里。

他粗暴地抓着谭姐的手，谭姐浑身开始发抖，她的呼吸变得急促，脸色发白，强忍着一口气，差点没呕吐出来。她是一个有洁癖的人，怎么可能接受得了这般欺辱。

这一瞬，谭姐失去了挣扎的力气。

她真实地感受到，命运在扼住她的喉咙。

她就像过去永安里出现过的贼一样，被老刘活生生地擒住。

又像薄薄的纸片，轻易地就被撕碎。

门外的灯安然地亮着，像月亮温柔地眨眼睛，没有风，光秃秃的树很是安静，仿佛休眠了的猫一样。偶尔有少女怀着甜美心事悄然路过，老人佝偻着背在路边发呆，行人三两，情侣静静拥吻，然而没人注意到这狭小门岗的臭烘烘的里屋里，正激烈地发生着什么。

无人知晓，谭姐正在遭受怎样的厄运。

谭姐用力地挣扎着起身，却被老刘一把死死地按在床上，他迅速地脱掉了裤子，两条腿露个精光，接着他开始心急地解上衣的纽扣，嘴里发出了粗粗的喘息声。

谭姐趁这个机会咬住了老刘的手臂，一口下去，老刘一阵钻心的疼，一排深深的牙印刻在他的手臂上。他用另一只粗糙的手，一巴掌把挣扎着的谭姐扇倒在地，嘴里骂着她不识好歹。

谭姐的棉帽脱落在地，围脖被扯得凌乱，头发散落下来，披在脸上，透过发丝的罅隙，她用湿润的、恶狠狠的眼神盯着老刘看。

像极了那天晚上曾跪倒在她面前的前台小妹。

谭姐平静地说，如果再敢碰她，明天早上，她就提着刀来同归于尽。

老刘怔住了，像是感受到了谭姐平静语气里的决绝，他知道表面不起波澜的人，内心却是波涛汹涌，所以这句话绝非恐吓。于是他提上裤子，把衣服整了整，走到门岗外面坐下。

老刘喝了一口杯子里的茶，又把不小心喝进嘴里的茶叶碎吐出来，拿笔轻轻敲着桌面，用居高临下的语气告诉谭姐，从现在开始，她的三轮车不能停在永安里，就连南门外面都不行，她必须现在就把三轮车骑走，明天早上也不许来卖煎饼了。

他一边跷着二郎腿，一边揉捏着自己被谭姐咬痛的小臂，用傲慢的、威胁的、充满欺压的语气，把谭姐最后的一丝希望彻底掐灭。

外面忽然刮起了一阵风，卷倒了一辆停在路边的自行车，巨大的声响刺激到了装有警报装置的摩托车，一声声鸣笛声在北京的寒冬中响起来。

谭姐把地上的棉帽捡起来，同样整了整衣服。

“你收了老娘的钱，碰了老娘，老娘的车就停在这儿了，不行的话，老娘随时提着刀过来。”她平静地说完每一个字。

说完，她若无其事地捋了捋头发，把棉帽厚厚实实地戴上，推门走出去。

老刘愣住了，眼前这个普普通通的卖煎饼的女人，似乎什么也不怕。

那天晚上，谭姐没有回家，而是朝着反方向，一直走，一直走。

夜空突然放晴，星光璀璨，月光皎洁，谭姐迈着轻快的步子，走在空无一人的马路上，她觉得此刻畅快极了。

四

北京的长冬就要过去了，气温慢慢爬升，风变得很温柔，天亮得很早，烦恼仿佛困倦的孩童，不吵不闹。

永安里换了保安，老刘因为得罪了领导，又三番五次遭业主投诉，被物业开除了。新来的保安人很和善，不收谭姐送来的烟和酒，夜里还帮她盯着三轮车。

他说，别管是谁，只要在永安里这片地活着，他就得负责。

后来新保安还给谭姐介绍了他的妻子，一位在附近经营麻辣烫店的女人。

十几年了，谭姐没交过朋友，不太懂交际的她，初次到店拜访时，给人家拎了好几包菜，刚从菜市场买来的，正新鲜。

她说，送这些，总能用得到。

女人一眼看出谭姐是个善良的老实人，给她煮了一碗满满的麻辣烫，两个人交换着做生意的故事。

谭姐吃着热气腾腾的麻辣烫，麻酱和辣椒油的香味搅拌在蘸满汁水的娃娃菜里，鱼丸硕大，脆皮肠里冒出香甜的芝士酱。谭姐坐在桌边，轻松地听着对面女人绘声绘色地描述自己开店以来遇到的故事，那一刹，她像下馆子的食客，又像来叙旧的女人的老友，这种感觉竟有些恍惚。

是啊，这是谭姐到北京以来，第一次感觉到自己真实地活着。

麻辣烫店的老板娘劝谭姐也做做线上外卖的生意，说要赶时代潮流，才能赚大钱。谭姐听得入迷，但满头雾水的她，可不敢轻易地走上这条道。

在她看来，自己就是个只懂摊煎饼的粗人，目前的收入就挺好的，没想过开店，也没想过发大财。

后来麻辣烫店的老板娘让谭姐把煎饼挂在自己的外卖店里，结果每天谭姐都能从互联网上卖出几十单外卖。

慢慢地，外卖网站上的顾客对煎饼的评价越来越好，很多人都说，在北京没吃到过这么好的煎饼，蔬菜新鲜，酱料十足，面饼用心。

她开始动摇，想着是否自己也要开一个外卖店。

一天，谭姐收到一个要二十份外卖的订单后，一个高大俊朗的男孩走了过来。谭姐看着他，一时有些愣住，即便他穿了一身外卖服，可也掩盖不住他的光芒，外貌条件甚好的他，并不像普通的外卖员。

“您好，二十份煎饼做好了吗？”男孩问。

“好，好了。”谭姐回过神来，赶紧递过去。

这时，男孩身后又走出来一个女孩，她的眼睛像是星星般闪烁。

女孩似乎看出了谭姐的讶异，嘿嘿笑着，对她解释道：“他是明星牙医，大名鼎鼎的井仁医生，现在来体验生活的！”

外卖员也笑了，随即凑到谭姐耳边悄悄说：“什么体验生活，我其实是被解雇啦，所以来做外卖员，可我这个傻女友，还觉得我什么什么都好。”

“阿姨您辛苦啦！”女孩的声音打断了男孩的悄悄话。

忽地，一股暖流涌上谭姐心头，她看着女孩一脸可爱的表情，还有男孩满脸幸福的笑容，忽然间觉得，这偌大的北京，或许从不缺少温暖的存在。

谭姐觉得，为了这人间温暖，为了这生之希望，她要努力活着。

她又再三考量了一番开店的可行性，决定试一试。

晚上回到合租房，她就把帘子拉上，借着反应很慢的手机，浏览着互联网上关于开外卖店铺的信息。信息冗杂，讲述烦琐，看不太懂，就多读几遍，看到头痛，就休息一会儿，谭姐下定决心要做的事，必须做到。

她知道，生活从没有容易一说，所有的好不容易，其实都是苦尽甘来。

开店手续很烦琐，再说没有经营地址，还要再出租一个小门脸，这些都需要时间。谭姐白天摊煎饼，下午就四处转悠找房子，她从小超市里买了个本子，上面歪歪扭扭写了些数字，记录着房租的价格。

比对再三，犹豫再三，谭姐没有怕过麻烦。

人到中年，早就被生活磨得没什么脾气了，可谁的心里都有个炽热的梦想，一旦某天被点燃，大脑就会清晰地知道，要去往那个更远的地方。

谭姐没什么学历，更没有眼界，她只是一个靠着勤奋和良心摊煎饼的摊贩子，没有人知道她攒下的钱都去了哪里，也没人知道她在北京打拼的目的，但所有和她打过交道的人都知道，谭姐是个硬汉。

她充满勇气和韧性，她从没向残酷的生活低下过头，她知道，只要活着，就有希望。

而人只要有希望，就能达成一切看似空洞的梦想。

手续和流程差不多都弄明白了，也选好了自己心仪的地址，在麻辣烫老板娘的帮助下，谭姐慢慢摸索着这崭新的事业。

那段时间，她整个人都憔悴了不少，虽然同住的几个女人没有再添什么麻烦，可谭姐的心一直紧绷着。有天下午，她在外面办理注册手续，突然间就低血糖了，眼前一黑，整个人在马路边晕倒。

等苏醒过来时，旁边围满了路人。

路人劝她去医院做检查，可谭姐死活不肯，小声说自己就是低血糖了，回去休息一下就好。毕竟又要花钱，她才不会舍得。

也因此，那天谭姐回到合租房的时间有些早。

推开房门的时候，她听到男女发出的亲密声音。

谭姐怔在原地，因为她眼前三个床都是空落落的，只有自己的那张，紧紧地拉着帘子。

听到了谭姐的脚步声，帘子里面变得静悄悄的，没多久，帘子被拉开，一个男人从里面探出头来。

男人看到谭姐的表情，没说话，里面的女人也没说话，男人赶快把衣服穿好，迅速地跳下了床，低着头跑掉了。

谭姐站在原地，看到自己原本整齐熨帖的床，如今乱糟糟的，她的眼睛忽然无神，仿佛她内心那片最澄净的湖泊，正掀起一场巨大的风暴。

那个女人就是酒店的前台小妹，男人是她刚认识不久的情人。

前台小妹裹着上衣，情绪平静地说，男人是另一家大酒店的老板，有意招她入职，她想刚好趁着这个机会，从破旧小旅馆换到大酒店去工作。而老板有些特殊癖好，所以提出来想在谭姐的床上亲热，她也无法拒绝。

小妹还特地解释，说这和之前报仇砸车的事情没有一点关系，希望谭姐可以原谅。

谭姐很少哭，因为她觉得眼泪对生活的苦难起不到任何作用。

但这一刻，她盯着墙上贴着的那幅水彩画，眼里涌出两股热泪——水彩画已经破损了，画中带女人的那一半残缺着，带小女孩的那一半则轻轻地垂下来，翻折了过去。

这是谭姐挚爱的一幅画，她难以接受。

更何况，谭姐是一个极爱干净的女人，连隔夜的酱罐子都会被她刷得一干二净，她从不会让自己的被褥有一点凌乱，甚至一点褶皱都不行。

她在极力维护着自己内心那块尚未被污染的地方。

可现在，那个地方脏了。

滚。

她平静地说。

五

春天正式地来了，树梢渐渐萌发绿意，飞鸟回迁，天空开始显现出浅浅的蓝色。

谭姐换了住所，她再也不用忍受和那几个女人一起生活，打包行李离开的那天，那个前台小妹就坐在床上盯着谭姐看。

她把腿屈起来，双手抱住膝盖，目光呆滞而平静。

看着谭姐远去的身影，她知道，谭姐要去更好的地方生活了。

而她，没有如愿以偿去那家更大的酒店工作，因为那个自称是大酒店老板的男人再也没出现过。后来她找上门去查证，酒店的工作人员说压根儿就没那个人。那个男人白嫖一场，就人间蒸发了。

谭姐的新住处是麻辣烫老板娘的家，他们隔出来一个阳台给谭姐住，每个月只收她五百块。

房间很小但很温馨，两口子照应着谭姐，像家人一样。

谭姐注册的店铺也开业了，名字仍叫“飞达煎饼铺”，就在麻辣烫店的附近。她搬去新店的第一天，麻辣烫老板娘向每个来吃麻辣烫的客人都推荐了不远处的这家煎饼铺。

生意不错，虽然投入的成本还没回来，但总归是多了一些对未来的期待。谭姐还计划着从网上买一些炸锅之类的厨具，准备拓展一些业务，卖一些油炸小食。

她压抑不住内心的喜悦，庆幸自己没有向老刘妥协，又永远离开了那几个同寝室的女人，如今新店开业，事业拉开新的篇章，好日子似乎就要这样开始了。

有时候谭姐站在阳台边，看着窗外明媚的阳光，竟觉得这个世界无比美好。

可就在开业的第十五天，医院传来消息，谭姐的女儿病危了。

没错，谭姐有个在北京住院的患病女儿。

她患了癌症，一直在北京住院。其实她每周跑去医院的那几天，并不是去做护工，而是去照顾自己十五岁的女儿。

她是癌症患者，也是谭姐一切生活的支撑。

床边墙上贴着的那幅水彩画，就是女儿九岁那年画的。那时，老师让同学们画自己的家人，女儿便画了自己和妈妈，她们两人手牵着手，坐在月亮上，浪漫又美好。

谭姐知道，那就是女儿想要的生活，可是命运没有给予她这样美好的世界，而谭姐更无法给她。

谭姐是蓟村人，年轻的时候被一个外地来的男人强奸，后来男人跑了，谭姐怀孕了。谭姐在蓟村老家大了肚子，背负了整个村子的谩骂和非议，就连她父母都说，胆敢生下这个孩子，就永远别进谭家的门。

所有人都知道，她是一个被强奸怀孕的女人。

可没有人在乎的那条生命，也有来到这个世界的权利。

后来谭姐还是偷偷生下了那个女孩，也因此被赶出了家门，没办法在老家继续生活下去的她，只好带着孩子来到了一百公里外的文城。

自此以后，她就有了洁癖，排斥身边的一切肮脏之物。

孩子叫谭飞达，谭姐给她取名的时候没多想，只是盼着她有一日可以飞黄腾达，不必再受人间疾苦。可不幸的是，在飞达十二岁那年，查出了骨癌，文城的医生说她活不过五年。

谭姐带着患病的飞达跑遍了文城的医院，得到的结论相差无几，后来她买了张火车票，坐了一夜的火车，带着飞达来到北京治病。

飞达在北京的医院就诊，每天的花费都不少，所以谭姐拼命地挣钱，拼命地攒钱，就是为了支付飞达的医疗费。

面对高昂的医疗费，谭姐没有迟疑过，在她眼里，飞达就是天使。

疼的时候不哭，孤单的时候不哭，感到生命所剩无几的时候不哭，飞达很懂事，她清楚地知道，自己必须坚强起来，母亲才可能会有好好活下去的希望。

她们在为彼此战斗，成为彼此的力量之源。

只是偶尔，飞达也会觉得累，看不到治疗效果的时候，她就会劝谭姐放弃。可谭姐只会说："要娘放弃你，就如刀割自己，飞达是娘身上的一块肉，割掉你，娘也会跟着死掉。"

在飞达十四岁那年，切除了癌细胞扩散的左胸。她为此哭了好一阵，情绪不稳定的时候，她会哭着闹着求谭姐让她去死吧，她不想再面对了。

而谭姐会忍着哭腔说："孩子啊，挺住啊。"

飞达哪会懂得，在她娘眼里，切除左胸的自己并不是残缺的，她娘认为这个世界上除飞达以外的所有女人，都多长了一个胸……

飞达当然感受到谭姐的爱又深沉，又浓烈，可越是被她爱着，就越想解放她。飞达希望娘忘了自己，去旅行，去恋爱，去过一个正常人的生活。

她知道娘对此的回应——"你是娘最好的风景，你是娘拼命爱着的人，你是娘全部的生活。"

是啊，每每觉得生活难过的时候，都是女儿支撑着谭姐继续站起来。

她知道，人活着，不仅为自己，还要为自己至爱的人。

为所爱的人坚强，自己也会跟着强大起来。

所以当煎饼车被那几个女人毁坏后，谭姐没有出摊做生意，修完车子后，她去了趟医院，就是想去看看女儿，找份安慰。

看着躺在床上面色苍白的女儿，原本想找份安慰的谭姐，强忍着被欺负的痛苦，为女儿振作起来。

她想起了那句话："只有你赢了，我才不算输。"

于是谭姐轻抚着女儿瘦瘦的小手，在她耳畔温柔地说："娘一点也不累，这不，娘还给自己放了假。"

当谭姐说出这句谎话的时候，女儿的眼睛轻轻眯着，她多希望娘的生活就像她说的这样轻松快乐。

后来那个险些被老刘强奸的晚上，谭姐没回家，而是朝着反方向，一直走，一直走，走到了医院。

由于过了探望时间，谭姐就站在医院楼下，望着女儿房间的窗子。

夜晚的云移动很快，隐约的雾白色偶尔遮住本就不太显眼的星光，有病患站在窗子前打电话，有的房间，漆黑一片，像进入了休眠期。

女儿的房间，就是漆黑的。

不知道是因为刚刚受委屈，还是因为看到女儿房间漆黑，不自觉地，谭姐就没出息地呜咽着哭了起来。她一边宣泄地哭着，一边扯着嗓子喊给自己听。

她说："娘没事，娘很好，娘还能坚持……"

这一场大哭过后，谭姐鼓励自己：难过的包袱都卸下了，接下来要更坚强地面对生活了。

那天晚上，夜空突然放晴，星星在寒空中闪耀，像缝在心愿上的一串串珍珠。星光璀璨，月光皎洁，谭姐迈着轻悦的步子，走在空无一人的马路上，她觉得那一刻畅快极了。

如今接到医院的病危通知，谭姐整个人都是蒙的，赶到医院时，她的双腿像是灌了铅，每抬起一步，都要花费很大的力气。

她知道迟早会迎来这天，只是当这天真的到来时，她还是没有想象中坚强。

病危的飞达已经没什么力气说话了，她躺在床上，握着谭姐送她的玩偶的手，也松开了。这已经是她和癌症抗争的第三年，她就像个打怪兽的骑士，从不叫苦，从不叫痛。只是现在这个冷冰冰的飞达，怎么也不像早先那个故意和病友有说有笑，叫谭姐放心的飞达。

谭姐在一旁忍不住哭了，她抽泣着在心里默念："飞达，你不乖，你不听话，你叫娘担心，叫娘难过，你闭上眼睛就不要娘了，娘都没放弃，你怎么狠下心的啊……"

两天后，飞达在一个清晨去世了。

那天，谭姐没有去店里开门做生意，而是换上了一身自己不舍得穿的漂亮衣服，到医院送女儿最后一程。

永安里的新保安和麻辣烫老板娘也过来了。令谭姐没有料到的是，那个服务员小妹和裁缝竟然也出现在葬礼上。她们说，是有一次在麻辣烫店吃夜宵的时候，才听老板娘说起谭姐这么多年一直省钱，是为了给女儿治病。她们感到惭愧、羞耻，带着愧疚心和敬畏感，今天也想来送送小飞达。

谭姐含着眼泪，微笑着点头致意。

在整理女儿的遗物时，她看到女儿留给她的信，其中有一段话歪歪扭扭，是这样写的：

“亲爱的娘，不要为我而感到难过，这两年和小怪兽打得很累，却也很精彩，和你并肩与这个世界战斗过，我已经知足了。只是这么快就要去下一站等你，说实话，还是有点不甘心，不舍得，啊啊啊，还是怪自己不够努力。

“可想想啊，我才十五岁，到了天上，我一定是最年轻漂亮的那个！

“我会在云上跳舞，给飞机开路，我会在太阳旁边烤面包，风来给我起火，我会睡在月亮的怀里，有星星想爬上我的床，所以你放心，我并不孤单。

“亲爱的娘，好好爱自己，听我的，去旅行，去恋爱，去过正常人的生活，我飞达，现在正式批准，你谭超人——解！放！啦！

“嘿嘿，过去这些年，害你辛苦了，你总叫我飞黄腾达，对不住了，孩儿没能成为你的骄傲……那拉钩，我先去探路，下一个世界，换我飞达做你的超人！绝对带你，飞！黄！腾！达！

“其实我是个无神论者，可因为你，我真的想有来生……

“嘿嘿……

“不想这么肉麻啰唆的，只是这封信，怎么写，我都不想写到结尾……因为娘……我不知道要怎么和你说再见……

“那就用最简单的方式吧——亲爱的娘，我爱你！爱你爱你超级爱你！……”

谭姐握着飞达的信，泣不成声。

那些歪歪扭扭的字，有些痕迹深，有些痕迹浅，能想象到，飞达一定是强忍着剧痛，写下这封告别信。信结尾处，因为被浸湿而变得坑坑洼洼。

谭姐哭着，在众人的沉默中，她大声地说：“我的飞达有文采，应该是大个作家！应该是个大作家！”

她眼睛弯着，满脸笑容，眼角的皱纹像春天灿烂的光。

“走好啊，飞达，娘不要你飞黄腾达，娘只祝你一路平安！”

谭姐哭着说完最后一句话，忽然扑通一声，跪倒在地。

六

谭姐把店转给了卖麻辣烫的老板娘，准备收拾东西离开北京。

谭姐说，吃过那么多苦，遭过那么多罪，都是因为女儿，她才留在北京。现在，她终于可以离开这里，回到自己曾经生活的小城，过自己的生活了。

她和老板娘说，打算先回老家看看小时候走过的路，再和父母道个歉，可能也会找个伴，不过没征求飞达同意，心里多少有些不踏实，希望她是乐意的。

老板娘抱了抱谭姐，说有缘再见。

是啊，人生海海，聚散有时，但有缘人定会再重逢。

谭姐离开了北京。

她让麻辣烫老板娘教她怎么订机票，因为她想坐一坐飞机，她之前从未坐过。看到有一张夜间飞往文城的廉价机票，她立刻订了下来。

夜空清澈如洗，黑夜的幕布上划过灿烂的星河。这时，坐在舷窗旁的谭姐看到了一轮弯弯的明月，比她平时看到的要大很多倍。

谭姐想象着飞达一个人坐在月亮上，这是她距离飞达最近的时刻，好像一伸手，就可以牵到她。

忽然一朵厚厚的云袭来，飞机开始颠簸，乘务员提示乘客："飞机遇到了气流而颠簸，请系好安全带，在原位坐好。"

谭姐忽然笑了，还笑出了声，她坚定地摇着头，在旁人甚是莫名的眼神中，自言自语地说她看到了飞达，是飞达顽皮地丢了一朵云过来，像飞达小时候在冬天丢她雪球那样。

她相信漫长的冬天过去，花会开，树会醒，沉睡的河流会重新流淌，春天终会如约到来。

是啊，谁不曾遭遇过命运的风暴，挺过去，就能看到奇迹。而那些在暴雨里坚持前行的日子，都会成为我们一生最宝贵的记忆。

请记得，永远有人在过着比我们更难的日子，勇敢地活下去，就会看到坚强的意义。

愿那些最纯朴的感情永不消失，那些最简单的爱永不泯灭，那些最平凡的我们，都能万事胜意。

SQUEEZE THROUGH THE CROWD AND GIVE YOU A HUG

穿越人海，拥抱你

一

在遇到"明星牙医"前，陈星星对爱情并不抱有任何幻想，她觉得爱情不仅难得一见，而且转瞬即逝。

因此即便身边朋友纷纷脱单，她也从没着急过。现在的她只想好好上完最后一年学，毕业后能找到一份不错的工作。

"明星牙医"这个绰号，也是陈星星随口起的，毕竟人家有头有脸，是北京最有名的私立牙科医院里最大牌的牙科医生。

他叫井仁川峰。

井仁医生三十一岁，一米八五，同事眼中的他沉默寡言，不吸烟不嗜酒，衣品好，爱做家务，极少参加社交饭局，那些人情往来，他统统不感兴趣。

说来也巧，井仁医生之所以能碰到陈星星这种平凡女孩，是因为他供职的这家牙科医院在某点评软件上搞抽奖活动，陈星星靠着锦鲤体质，在一众人中拔得头筹。

陈星星穿着背带裤，梳着双马尾，两只手紧紧抓住胸前斜挎着的包带，四处张望。

"要不是中了奖，平时谁来这种坑人的医院看病，谁来看谁就是真的有病！"

陈星星小声嘟囔这些话的时候，旁边正经过一个戴着口罩，全副武装的医生，她赶快把头低了下去，心里想着，既然中了免费的霸王餐，就念人家一个好吧。

按照护士的指引，陈星星拿着一张问诊单，一路走到最靠里的一间诊室，门上贴着几个大字：井仁川峰。

陈星星歪了歪脑袋，眉毛皱了起来："一会儿是该叫'井医生'呢，还是'井仁医生'呢？这个人的名字怎么有四个字啊，该不会是外国人吧？"

正独自叨念着，门就打开了，一位护士和陈星星撞了个照面。

护士确认了陈星星的身份，就带她去做基础的检查，见她紧张的样子，护士轻描淡写地说："放心吧，别紧张，一会儿问诊的是我们的头牌牙医，他可是明星医生，正常约挂号要一个月起步。"

于是，当陈星星拿着初检报告和问诊单，小心翼翼走进井仁医生的诊室时，脱口而出："明星牙医你好！"

井仁医生显然被这个称呼吓到了，他愣了几秒钟，随即认出了这个女孩正是刚刚那个在走廊里抱怨医院坑人的双马尾女孩。

"不是刚刚才抱怨说谁来这里，谁就是真的有病吗？"井仁医生说这句话的时候没有看陈星星，只是熟练地在操作台上准备一会儿要用到的医疗工具。

"真糟糕，好巧不巧，抱怨的话被主治医师听到，一会儿牙里肯定要露个大窟窿！"陈星星心里这样想。

可是他说这句话的语气，好像又不是在记仇？

甚至有些调侃的味道。

陈星星忽然觉得有点恍惚，这个男人和平时在学校里见到的那些青涩男孩都不一样，他既高傲，又让人觉得亲切，虽然他戴着口罩，但整个人都散发着成熟的气息，让人一会儿被他的优秀、强大、气场所震慑，一会儿又沦陷在他温柔的眼眸里。陈星星毫无意识地看了他好久。

一见钟情，就是这种感觉吗？

“请躺下，戴上护目镜。”直到井仁医生说第二遍时，陈星星才回过神来。

她用力晃了晃头，想使劲甩掉那些奇奇怪怪的想法。

绝不可能。

二

陈星星并不像星星一样闪烁着光芒，在她身上，只能看到平凡、努力、固执之类的字眼。

来自南方小城的她，算不上学习特别好的那种学生，却也足够听话，属于上学期间不吵不闹，按时完成功课，从不闯祸的那类。也是因为这份听话，勉强踩线考上了个二本，大学来了北京念书。

陈星星父母都做着普通工作，辛辛苦苦赚钱也凑不够一套北京房子的首付，因此他们对陈星星说过最多的一句话就是，人要自食其力。

但是，大多数普通人的生活，都是这样吧？辛辛苦苦生活，能得到生活一半的回报，就已经很不错了。

更别提那些幸运的事情，幸运似乎永远只发生在别人身上。

其实陈星星曾有过一段感情，对方是大学学长，也是同乡，刚来北京时，遇到个同乡，亲切感自然加倍，他们很快就因为这份熟悉和安全感，手牵在了一起。

可相恋了两年多，学长还是会忘记她的生日，忘记他们的恋爱纪念日，不会制造一点浪漫。

他给的，一直只有平淡如水的陪伴。

细水流长没有错，可感情一旦过了保鲜期，就会沦为日常琐碎。在平淡的日子里，任何一次沉默、猜疑、争吵，都极其危险。

那时的陈星星天真地以为，只要两个人一起坚持下去，就可以有美好的未来，但她在和学长日复一日的相处中，逐渐消磨掉了对他的期待。

陈星星的成绩没有学长好，家里条件也没有让她有丝毫优越感，所以每当她问学长关于未来的打算时，学长都会用一种打压式的语气回应她：“你有计划？你能实现？”

在学长眼里，他们两个都是再普通不过的人了，所以不配问什么关于未来的规划和打算，他只想过好现在的每一天。没有在北京买房扎根的计划，也没有回老家去的打算，他只想走一步看一步，用过好当下做幌子，回避着陈星星的探寻。

于是每一次和陈星星探讨未来时，他都是无限回避的那一个。

哪怕是一句肯定的承诺，一个确定的眼神，一起商议一个哪怕不那么耀眼的目标，都会让陈星星觉得踏实。她不怕吃苦，也不怕煎熬，最怕的就是毫无反馈的沉默，还有毫无目标的前行。

她觉得在他的规划里，没有他们共同的未来。而在感情里看不到未来的样子，是最令人迷茫的了。

不仅如此，陈星星还一直感受着学长对她的否定，甚至很多时候，陈星星都快要承认，自己就是一个最普通渺小的人，不配拥有期待未来的能力。可她转念一想，凭什么要被他这样否定，明明仰望星空，就是要排在脚踏实地的前面。

为此，她和学长争吵过不知道多少次，分分合合了三个月。

在一次争吵后，学长的朋友圈里，出现了他新女友的照片，仿佛在耀武扬威："我那么好，并不是非你不可。"

因此，陈星星为了从这段伤痕累累的感情里走出来，将手机屏保设置成了这样一句话——

"男人都是王八蛋，他们不配谈恋爱！"

三

井仁医生拿着口镜，在陈星星嘴巴里动来动去，查看牙齿的情况。

陈星星支支吾吾靠着喉头发声，好像要说什么。

井仁医生把口镜取了出来。

"怎么了？"

陈星星合了合嘴，吞咽下一口口水。

“痒。”陈星星很不好意思地说。

一旁的助手担心井仁医生的心情受影响，连忙提醒陈星星忍耐一下，这是在做检查。

“张嘴。”井仁医生说。

陈星星“啊”了一声，乖乖张开了嘴巴。她看着距离她很近的井仁医生，注视着他近在咫尺的眼眸，还有长长的睫毛，忘了紧张。她想看一看这个男人口罩下的脸到底是什么样，或许很清冷，或许很温柔，但不管是哪一种，陈星星都确定，他一定很好看。

十多分钟后，检查做完了，井仁医生说陈星星的牙齿没什么问题，只有一颗智齿，目前可拔可不拔。关于陈星星反映的牙齿总会酸痛的事，井仁医生说目前看并无大碍，可以尝试用一些脱敏牙膏。

“明星医生啊，我跑这么远，看了这么久，结论就是可拔可不拔、换个牙膏试试？”陈星星小声对井仁医生提出质疑。

“我是你的医生，你对我要信任。”井仁医生摘掉手套，把陈星星躺着的床调成了坐立模式。

井仁医生就是这样，口吻虽然冷酷，但总有一种让人不自禁相信他的魔力，一下子打在人的心窝里，让人感觉暖洋洋的。

“那，请你拔一颗牙要多少钱呀？”陈星星问。

一旁的助手连忙把话抢过去，说价格问题不要和医生直接聊，可以问询她。

井仁医生没有说话，在电脑上敲敲打打。

“还真是大明星啊。”陈星星心里想着，漱了漱口，起身拿好包，道了谢，就走出诊室了。

经过医院长长的走廊时，陈星星无意间看到了贴满医生简介的展示墙，在好奇心驱使下，她停了下来，细细找寻井仁医生的照片，想一探他的真面目。

“这个大明星牙医，到底长什么样呢？”她仔细打量着上下两排的照片。

终于，在照片尽头，看到了“井仁川峰”四个字。

诚实地说，她有片刻的吃惊。

因为照片里的人，面如止水，没有丝毫的表情，可他的眼神又是那样清澈温润，像是流淌着许多陈年故事一样。

井仁医生颧骨有些高，这显得他的脸颊更加瘦削了，眉眼深邃有神，在高鼻梁的衬托下更加立体。嘴巴窄窄的，光看这嘴巴的模样，就知道他不爱讲话。这张脸几乎挑不出任何毛病。

她忽然想起来井仁医生长得像谁了——李逍遥。

陈星星抬着头，盯着这张照片看，直到被身后追来的井仁医生的助手打断。

“陈女士，井仁医生刚给您开了问诊报告，如果牙齿持续酸痛的问题没有缓解，欢迎您半个月后来复查，和这次一样是不收取问诊费的。”

助手递来了一张问诊报告，同时，还有一张小纸条。

"井仁医生还说，他推荐您用这个牌子的这款牙膏。"助手指了指纸条上的牙膏名称，"由于不方便写在诊断报告里，所以就单独写了张纸条，您可以参考。"

陈星星接过井仁医生亲手写的小纸条，上面的字又整齐又好看。怎么会有这么细心善良的男人，明明推荐牙膏不在自己的工作范畴内，大概是怕她忘记或者不放在心上，所以才会用这样的方式令她重视起来。想着想着，这个人在陈星星心里的分量，又重了一些。

上面的几个字，好像烫热了这张纸条。

四

人的一生里，永远有翻不完的山，跨不完的海，而比这些更难的，是明明轻而易举就能得到的东西，却得不到。

比如，井仁医生从未见过亲生父母。

井仁医生来自四川省的一个小村子，打他记事以来，他就和瘸了一条腿的奶奶生活在一起。

奶奶说，井仁的父母到城市里去务工了，后来工地出了事故，两个人被塌了的楼砸伤，没被救过来。

小时候的井仁最喜欢问的一个问题就是："为什么爸爸妈妈没有被救过来？"

奶奶不知道如何回答，只能一瘸一拐地去给小井仁蒸饭吃。

后来工地赔了一笔钱，奶奶横了一条心，决定趁自己还能走，用这笔钱把小井仁送出去。于是她找到县城的亲戚，将这笔钱当作抚养费，让他们收养了井仁。

她老人家知道，自己的身体每况愈下，送走小井仁是早晚的事。她当然也知道，跟着她，小井仁吃不好，住不好，没好的学校上，将来只能继续吃苦受委屈。

半年后，奶奶就去世了。

小井仁哭得和奶奶送走他那天一样凶。

在县城里长大的小井仁，改了名字，叫井仁川峰。

原因很简单，他父亲姓井，母亲姓仁，而他来自四川一个大山里，所以自然就是这个名字了。

井仁从很小的时候，就有一个梦想——长大后当医生。

他常说："我要当医生，然后救活死去的爸爸妈妈。"

如他所愿，一路成绩都非常优异的他，高中毕业后被北大医学部录取，只不过，被调剂到了口腔医学专业。

尽管他觉得，读临床医学，他才更有机会救助像父母这样生命垂危的病人，但经过几年的学习，他对口腔医学着迷起来。同样都是拯救病人，只是方式不同罢了。

井仁川峰在北京生活了十多年，每年奶奶的祭日，井仁都会回到四川老家，到奶奶住过的房子里打扫一番。每当灰尘扬起，时光就仿佛退回到十多年前，小井仁与奶奶一同生活的场景再次上演。

到了晚上，井仁坐在院子门口，抬头看着天空，晚霞一大片一大片地晕染着天空，和小时候没什么两样。这么多年过去了，很多东西似乎从没改变。那会儿，小井仁就常坐在院子门口，痴痴地望着日落和晚霞，奶奶怎么喊他吃饭，他都不肯动。

井仁说，他悲伤的时候就喜欢看日落。此刻，他温柔地看着烧透了的晚霞，他知道，那一定是奶奶又在那端絮絮叨叨。

“她从没离开过。”井仁坚定地这样认为。

不是都这样说吗，只要你在心里用力地想念他，你最亲爱的那个人就不会真正死去。

因为他知道，有人依然在挂念着他。

五

半个月后再回来复查时，陈星星特意打扮了一番，去理发店让理发师夹了个波浪，穿了一身职业装，浑然不像一个在校大学生。她想有点成熟的气质。

倒不是为了刻意吸引井仁医生，只是很多举动，有时候真的是下意识做的，连自己都想不明白为什么要这样做。

到达医院时，陈星星说自己上次中霸王餐，这次来免费复诊。

前台的接待人员说什么也不让她进，理由是，霸王餐只是当次免费，第二次问诊都要重新预约挂号。

陈星星能看懂那个人的脸色，无非就是把她想成了没钱却喜欢占便宜的那种人，可上次那位助理护士明明答应了她，这次依然免费。

“多少钱？挂井仁医生的号。”陈星星暗自跟那人较劲，骨子里的固执又开始作祟，心想付钱就付钱，绝不能让对方看不起。

“挂号费一千五。”接待员漫不经心地敲了两下电脑的键盘，连挂哪天的号都没问，因为她知道高昂的挂号费就能把眼前这个稚嫩的小姑娘劝退。

陈星星憋足一口气，腰板因此而挺得直直的。

她吐了一口气，说：“咋……这……么……贵……”

然后犹豫地摸了摸斜挎的包，手指攥紧，做了好一会儿思想斗争。

正当接待员准备让她离开，迎接旁边的新顾客时，她说了一句“慢着”。

随即，陈星星拍了一下桌子说：“你还没处理好我的事情，怎么可以接待别人？”

接待员没想到一个大学生敢在昂贵高档的牙科医院里和她叫板。

之后的半小时，陈星星长篇大论地教育这家医院的接待员不要看人下菜，要学会尊重和服务，不能戴有色眼镜……

直到井仁医生急匆匆地从外面跑进来。

“不好意思，车在半路出事故了。”他满头的汗，能看得出来，他小跑了一段路。

陈星星看到井仁，忽然觉得自己有了靠山，说：“没关系，走，给本姑娘看牙去。”陈星星抬起屁股就往里走，仿佛这所医院是她家的。

她没管助理护士的安排，直接推开诊室的门，往沙发上一坐。

助理怕井仁医生生气，连忙过去请陈星星到门外等候。

“等等等，我都等了多久啦！不等了，就在这儿待着了，别以为我不知道，我出去后，又要等上半小时。”她把头扭向另一侧。

井仁医生给了助理一个眼神，示意她先出去，然后对陈星星耐心地说：“今天改了造型，和上次很不一样。”

他记得她，而且还注意到了她的穿着打扮。

陈星星的脸一下子就红了，滚烫滚烫的，她立刻收了收支棱在外面的两条腿，挺直了腰板，坐得端庄了些。

她心里默念很多次，不要有什么幻想，他可能只是记性好，随口一说，自己就是来看牙的，原因是牙齿酸胀这么久了，还是没有好，一定有问题。

井仁医生继续说：“女士，我要在我的诊室换衣服，如果你不介意的话，可以到门外等候。”

陈星星听到“等”这个字，小脾气又上来了，她根本没有理会井仁医生。

井仁医生见她没有动，就把诊室中间的屏风拉开了。他走到诊室最里面，有帘子拉动和柜子打开的声音。

直到听到窸窣的摩擦声，陈星星才确认，是井仁医生在里面换衣服！

她的脸更红了，此刻耳朵周围响起啾啾的尖锐声，她不知道自己该不该出去，怕在这里不方便，又怕出去了显得动静更大，于是只能尴尬地把自己想象成一座蜡像。

井仁医生在里面慢条斯理地换衣服，如果闭着眼想象，他应该是先脱掉的衬衣，再脱掉的裤子，因为摩擦的声音是逐渐加大的。然后他拉开了衣柜，把衣物小心翼翼地叠了起来。随后，他换上医院统一的服装。

隐隐约约，有很好闻的香水味飘来，分不清是柠檬味，还是橙子味，总之酸酸甜甜的。

井仁医生拉开两道遮挡的屏风。

“女士，麻烦到外面等候好吗？我要换衣服了。”

他手里拎着白大褂，很显然，刚刚他并没有换衣服，那一系列的声音只是陈星星因过度紧张引发的幻听而已。

陈星星红着脸，赶快躲出去了，直到井仁医生再次打开门请她进去。

还是那件干净挺括的白大褂，他整个人挺拔极了。

“来坐好吧。”

灯光，仪器，工具，一道道工序准备好的时候，她又有些紧张了。

“戴上遮光镜，放轻松。”井仁医生递给陈星星一副墨镜，可以挡住上方的光线。

大概是为了让陈星星放松下来，井仁医生竟然主动开始说起今天早上的遭遇：“今早出门，在半路上窜出来一只小狗，我下意识急刹车，后面的车就追尾撞上了。是我的责任，但好在没有撞到狗。”

这是陈星星第一次听见他一口气说了这么多话。不对，这语气，怎么感觉我们好像很熟悉似的？

不知为何，本和这家医院有天大仇恨似的陈星星，在这一刻竟然放下了戒备，羞愧感火辣辣的，虽然自己是被放鸽子的那个人，可听到这样的原因时，还是觉得刚刚有一些小题大做。

原来他不光细心，还很有爱心，似乎永远也不会发脾气，即使刚才陈星星那样任性，他也没有一句不满的话或表现出其他情绪。

“啊……”陈星星张着嘴，想表达什么。

井仁医生露出微笑，他轻轻的鼻息声，温柔而动听。

这次问诊后，就没有第三次了。井仁医生给陈星星做了最全面的检查，牙齿完全没问题，所以他建议陈星星注意休息、调整作息和饮食，同时尝试更换牙膏和牙刷，他认为是这些因素导致的牙齿敏感。

完全没有上一次的不屑，陈星星还客气地鞠了一躬。

正要走的时候，她发现井仁医生也要下班了，于是她好奇地问为何他刚来医院就下班了。

“车还要去看一下，另外那只小狗，我暂时放在了路边的宠物店做检查，我也要去看一下。”

陈星星一边点头，一边思考这话里面的意味。

原来她是井仁医生今天唯一的病人。

就好像，他把这一整天的时间，都留给了她。

井仁医生拿出手机，搜索那家宠物店，看到一路红的时候，他的眉头皱在了一起。

“我带你坐地铁过去吧，我帮你买票，就当是两次免费看牙的回报咯。”陈星星觉得像井仁医生这样的人，是不会坐公交和地铁的，肯定没有交通卡。

果然，井仁医生没有地铁卡，他大大方方地让陈星星先行，说一起去地铁站。

下午三点钟，太阳从头顶缓缓滑落，刚好落到了斜后方，温暖的光线铺下来，把人的影子拉得很长很长。

井仁医生的身影就落在陈星星眼前，瘦削而高大。

她身子小小的，加快了步伐，没几步，就走出了井仁医生的影子。

可马上，井仁医生也加快了脚步，他的身影又覆盖住了陈星星小小的身影。

像有音乐似的，陈星星一边踩着他的影子，一边往前跳着走，可总被井仁医生几下就追了上来。他们的身影在地上交织、重叠，互相碰撞，相交又分散，如同摇晃的红酒杯，也像恋人碰到一起的唇。

陈星星一转身，就看到井仁医生像个小孩子似的笑容，很显然，他也正沉浸在影子追影子的游戏里。

发现陈星星看到了自己的幼稚行为，他立刻收起了微笑，又一本正经起来。

那一刻的井仁医生好像一下子有了朝气，不再像在医院时那么高冷。陈星星觉得，他好像在她面前显露了自己从未显露的一面。

陈星星像含化了一颗蜜糖，心里暖洋洋的。

在地铁上，井仁医生站在拥挤的人群里，可他依旧耀眼。

挺括的衬衣下，有若隐若现的肌肉，下颌线清晰明朗，干净得没有一点胡茬儿，他一米八五的身高，完完全全把坐在座椅上的陈星星的视线挡住了。

她没再躲躲闪闪，而是直接盯着井仁医生看。

那一刻的她知道，自己喜欢他，没什么为什么，也绝不需要多少理由，更无须觉得有任何压力。喜欢是最简单的情绪，它是从心的最深处散发出来的，无法隐瞒、压制，甚或欺骗。

而喜欢一个人，就要努力去追，要想尽一切办法和那个人有所关联，这是生之为人最基本的权利，谁也拦不住。

六

自那天以后，井仁医生常搭地铁回家，因为他知道，这个女孩虽然不会再来问诊，但总是会时不时地出现在医院外等他。

一起搭地铁回去的时候，陈星星总会盯着井仁医生看，不管他是否会害羞地别过头去，还是偶尔实在无奈地背过身去，总之她就是大方又直接地盯着他看。

井仁医生知道，陈星星是喜欢他的。

不然怎么会送他到站后，自己再大手一挥跳上地铁，坐相反方向的地铁回大学城；不然怎么会拎着咖啡在门外等，看见他就蹦蹦跳跳地送过来，然后假假地说好巧遇见；不然怎么会没等交换联系方式，就神通广大地拿到了他的微信。

井仁医生并非没有被人追过，在他读书的时候，就收到过不少女生的告白。只是她们都不像陈星星那样毫无保留地展示自己的热情与喜爱，她像阳光一样照射在他身上，不遗余力地把自己的真诚袒露给他看。

陈星星确实是平凡的，但在井仁医生心里，她又绝不和其他人一样。

只是从小就失去父母之爱的井仁，害怕自己守护不好这份温暖，甚至很多时候，他都有想劝退陈星星的念头。

那天，井仁医生的一个手术出了点小插曲，于是原本半小时的手术，做了整整一个半小时，加上和病人解释，嘱咐注意事项，等出来的时候，天色已经黑了。

井仁医生从医院走出来，习惯性地张望了一番，看到一个扎着双马尾的女孩朝自己跑来，伸手就递来一份烤地瓜，说正好路过，好巧遇见。每次都是这样可爱的开场白，也不知道是无意的傻头傻脑，还是有意的幽默。总之，她喜欢这种让井仁医生在一天疲惫工作后会心一笑的打招呼方式。

她的眼睛亮晶晶的，呼之欲出的热情比那个冒着热气的烤地瓜更令人感到温暖。井仁接过烤地瓜，一点点啃起来，疲惫顿时一扫而空。

沿着步行街去往地铁站，边走边吃，井仁医生还是那句万年不变的话："不要总乱跑，太晚了不安全。"

陈星星一下子抬起腿，立到脸颊旁，像表演杂技一般，这让井仁医生被吓了一大跳，她说："你忘了我是游泳运动员啦，我厉害着呢！"

正笑着，井仁医生被人轻轻撞了一下。

他下意识地说了一句“不好意思”，如同往常，即便是别人撞了他，他也会表达歉意。

但没几秒钟，就反应过来，糟了，放在口袋里的手机被偷了！

他连忙回头，慌张地察看着不同的方向，可哪里还有小偷的影子。

陈星星一眼看到一个鬼鬼祟祟的身影在快速移动，于是她把手上的东西一股脑丢到井仁医生手里，朝着那个身影就奔过去了。

“站住！小偷！”她大声地喊，在她的叫喊下，那个小偷开始飞速奔跑。

井仁医生也赶紧追过去，可步行街全是人，他一边责备自己太不小心，一边在视线里寻找陈星星。

大街上人来人往，人们说着不同的话，这一瞬间，井仁医生仿佛被浸入了水里，一片嗡嗡的耳鸣过后，眼前的世界变得越来越不清晰。

即便是九月末，他的后背也出满了汗，手里紧紧攥着陈星星的手机和背包，担心她万一在和小偷争执的过程中出事。

他一边四处走，询问路人有没有看到陈星星，一边又不敢走太远，怕没有带手机的陈星星找不到自己。

他轻轻点亮陈星星的手机，想看看是否有未接来电，结果屏保上的那句“男人都是王八蛋，他们不配谈恋爱！”映入眼帘。

井仁哆嗦了一下，随即按灭了手机的屏保画面。

他继续大声喊着陈星星的名字，一时间，车流声，鸣笛声，小摊贩的叫卖声，广告大屏里的播音声，路上的人流声，全涌进了他耳朵里。

他紧张，他忧心，他恐惧。

虽然他没有时间去思考这意味着什么，但这担心就是在意，而在意就是喜欢。

终于，有人从背后拍了拍井仁医生，他一转身，就看到一个满头大汗的女孩，她的头发遮在眼前。

甩了甩头发，又喘了喘气，满脸狼狈的陈星星叉着腰，把手机递给了井仁医生。她一边盘了盘散下来的头发，一边用手在脸前扇了扇风。

“热死了，今天白梳了马尾辫。”她抱怨着说。

他盯着眼前这个女孩，她因为盘起头发而露出的颈部格外美丽，晶莹的水珠落在红彤彤的脸上，显得气色很好，整个人都可爱极了。

他盯着她看的眼神，像极了之前地铁里看着他的陈星星。他发现陈星星是很可爱的，大眼睛，小圆脸，笑起来会露出两颗白白的门牙。

“人还没抓住，手机就给我扔地上了，我看了看还好没摔坏。”

陈星星说多亏自己是游泳运动员，体力好，不然这个扒手不会放弃的。

不知为何，这一刻，只有一句话划过井仁医生的心里：你要相信，这个世界上总会有人爱你如生命。

在听到陈星星的第二声“喂”之后，井仁医生赶快回过神来，他意识到，自己正盯着陈星星看，并陷入了沉思。

“有电话找你。”陈星星朝着他手里的手机探了探头。

“噢”了一声，井仁医生拿起手机，看到是院长打来的。

他拨了回去。

“井仁，我们很不想失去你，但是没办法，也希望你理解医院的苦衷和决定。”

电话那边深沉又老练的声音说。

七

陈星星拨通井仁医生的电话，随即他又挂掉了。

这已经是第八个电话了，她不敢再打过去，可她知道，放任他这样，只会越来越抑郁，她必须要帮助他。

那段时间，井仁医生的名字出现在各种生活版上面，标题都是诸如“看牙挂号一千五，医院收费没尺度”“一千五的挂号费，还得说句您受累”之类的。

媒体的聚焦点在于，这家医院确实收取了比普通牙科医院高很多的挂号费和问诊费，而网友才不管这里的诊疗工作是否值这个价钱，一股脑地，都声讨这家黑心医院。一些官媒也转发了这些报道，呼吁对该行业进行整顿，以合理的价格服务病患。

在这些声讨中，他们集中火力攻击的，就是井仁医生。

一个影响力颇深的媒体号写了专栏，从里到外评价了井仁医生，说他靠颜值高定价，赚人眼球，甚至还披露了一位有钱的女人，为了接触井仁医生，做牙齿矫正就消费了十多万。

医院没办法，商议后决定让井仁医生做牺牲品，表示会辞退井仁医生，调整价格，以此挽救医院的名声。

被辞退后的井仁医生曾向其他一些大型私立牙科医院求职，然而他似乎已经在求职黑名单上了。再加上井仁医生本来就不热衷于各种社交活动，在北京整个牙科医生圈子中，没什么朋友，因此这个节骨眼上，也没人出手援助。

被辞退的几个月里，他始终处于待业状态，没有收入。在他看来，要么去一些小型牙科诊所，要么就离开北京，到一个谁也不认识他的地方，重新开始。

这段煎熬的时间里，陈星星像个水军似的，每天在网上为井仁医生辩解，发表长篇大论，还一条一条地回复那些攻击指责井仁医生的网友。尽管爱读书的她文笔很好、逻辑缜密，可依然没人理会她，她只是一个小透明般的存在。

井仁没有看到这些，因为他也不理会她，或者说他不想理会这个世界。

那阵子他很少接电话，为数不多的联系，也只局限于问候而已。陈星星知道，他很难再快乐起来，毕竟现在出个门，都可能被人指着鼻子说："看，那是新闻里的男主角。"

可舆论终会结束，所以当务之急，是要让井仁重拾对生活的希望。

于是她决定，开展一项叫作"重启快乐"的工程。前前后后计划了一个星期，方案写好又推翻，终于确定了下来。

她软磨硬泡，说服井仁医生体验一阵外卖骑手的工作。经过培训并办好一身行头，井仁医生就准备接单了。

井仁医生始终不解，虽然他是失业了，可现在的这个职业也太不对口了，但他最后没有拒绝，觉得自己闲着也是闲着。

一路上，陈星星陪着井仁医生，陪他催着餐馆出餐，陪他满大街地找一个不知名的包子铺，陪他在高档小区里迷路，也陪他在破旧的街道躲过流浪狗的追击。

他们因为翻小区栏杆被大爷骂，因为敲错了门而难堪，也因为送餐慢了被人投诉，还常在进高端商场的时候被保安拦住。

可他们也被同行鼓励着，被陌生食客打赏着，被不容易的店家经营的故事鼓舞着，被这个庞杂的世界温暖着。

有一次他们去了一家叫“飞达煎饼铺”的煎饼店取外卖，这个订单总共二十份煎饼，下单的女生打电话给井仁，说自己是一家医院的护士，照顾着患有癌症的小女孩“飞达”，而摊煎饼的老板正是飞达的妈妈，没多久，飞达就又要做化疗了。医院的护士们得知飞达妈妈开了外卖店，都想来支持一下她的生意，她想拜托外卖员井仁和飞达妈妈说一声辛苦了。

井仁听后，眼眶红红的，他知道，这个摊煎饼的主人是在为了自己所爱的人战斗，而自己也应该和她一样。

原来日子从来如此，即便没有持续耀眼，但也没在哪一刻彻底黑暗过，失望过后，或许绝望会跟随而至，但只要勇敢，就还能看到希望。

后来，这项“重启快乐”的项目，还引发很多很多故事。

比如她带着井仁医生玩密室逃脱，一本正经的他竟然吓得大喊大叫；去电玩城打游戏，戴着眼镜玩打僵尸的时候，他把恐惧和勇敢一并宣泄；

一起去游泳馆，捏着鼻子跳进水里的那一刻，有一种对重生的期待。

井仁在陈星星的“重启快乐”计划下，的确变得快乐了一些，他看到了更多人生活里的疾苦，同时也看到了他们的坚持，当然，最重要的是，他察觉到以前那个像闷罐一样闷闷不乐的自己，其实也可以笑得很大声。

陈星星还建议井仁做了顺风车司机，他接过刚考完试的欢欣雀跃的学生，也接过因失恋哭个不停的女孩，他送过睡过头的上班族，也送过因应酬喝断片的酒场人。

有一次开顺风车，井仁接到一个女孩，目的地是首都机场。

路上，女孩忽然转头问他：“你不是那个很有名的牙科医生吗？”

井仁有些诧异，但随后有些无谓地说道：“没想到我这么有名啊。”

“是啊，你在网上很有名呢。”

两人就这样轻松地交谈起来。井仁问她要去哪儿，女孩说：“纽约。”

井仁有些怀念，说他读书的时候曾去美国做过交换生。

“我想要去见一个男孩，他叫韩子容，是我的初中同学。”

井仁看着她眼里憧憬的神色，说：“你很喜欢他，对吗？”

女孩说是的，说她一直很迷恋他，即便多年未见，也始终想着他。这次去纽约，她将飞越太平洋，去异国见一见这个男孩。其实她并不确定到了纽约后，两个人是否会见面，只是她坚信，只要她保持足够多的真心，他们就能遇见。

抵达航站楼的时候，井仁帮她从后备厢里拿出行李，递到她的手里。

“祝你能遇见你爱的那个男孩。”井仁说。

他忽然就想起了陈星星，他又开始徘徊，一边想念陈星星，一边担心从小缺少爱的自己没办法做一名完美的恋人。

有些自我封闭的沉默，偏执，脆弱，敏感，好胜心强，这些原生家庭带来的缺点在此刻被无限放大，他明白，自己越是喜欢陈星星，就越担心自己没有给她幸福的能力。

这个大千世界啊，真的光怪陆离，每个人都在拼了命地想要过上更好的生活，每个人都想去见自己想去见的人，可眼看着到手了的幸福，人却开始质疑自己是否值得拥有，又是否真正能够拥有。

只是多数人都不明白，快乐和悲伤，幸运与苦难，相聚和分别，从来都是一起出现，没有哪一方单独缺席过。于是，感受生活的不快乐，就和感受快乐变得一样重要，因为这都是我们漫长生命中不可或缺的部分。

是的，当受尽了生活的委屈之后，应该静静等候，不丧失希望，因为云雾即将消散，光终将直抵身边，你也会见到那个想见的人。

八

三个月后，井仁重新找到了一家牙科医院的工作，虽然失去了知名口腔医院的医生的光环，可还是有很多人冲着他的医术慕名而来。

而临近毕业的陈星星，因为当时在网上为井仁医生长篇大论地辩解，被一家杂志社注意到，招她到杂志社做实习评论编辑，专门负责跟进时事热点，发表评论。

这个普通又简单的女孩，没想到自己随意抒发的观点，有一天竟然被人认可。慢慢地，她开始写文章，发博文，经营自媒体。才半年的时间，她就拥有了几万粉丝，成为一个小小的写手。

很多人都说，她的文字如她的简介一样令人喜欢：我没什么特长，也没什么特点，可总有人会发现我的好。

她就是这样的一个女孩，不觉得自己会有什么不凡的人生，可遇到了想吃的食物，就立刻去买；买到喜欢的衣服，明天就穿；看到心动的人，就勇敢去追。

这是只过一次的人生啊，很多错过都是永别，唯有尽情和肆意，才是对此生最虔诚的尊重。

陈星星马上本科毕业，论文有了着落，工作有了着落，可和井仁医生的关系，并没有什么进展。其实两个人互明心意，只是多多少少有些小女孩心思的陈星星，一直在等待井仁的开口，而井仁，总觉得自己没做好准备，于是只能躲躲闪闪。

就这样，几个月拉扯下来，陈星星逐渐变得不那么热情，想着如果井仁不主动来找她，就恰好证明了这段感情没有走下去的必要；而井仁似乎也早已经习惯陈星星的主动，只是被动地等着她。

在漫长的双向等候中，两个人都有些许的小脾气，井仁会因为有几天没看到陈星星而难过，陈星星也会因为井仁的不回应而生气。

讲话故意戗他，电话故意不回他，朋友圈故意发好看的男明星，陈星星所做的一切幼稚举动，都是因为心里还有他。

直到她人生中第一次被表白。

是另一个男人，比她大八岁，杂志社的主编。当初就是他看到了陈星星的笔头才华，于是把她招进杂志社。

在工作与生活中，他从没有逾越过任何的界限，他用让陈星星感到舒适的方式，一直给她鼓励。

纵横职场多年，他已经见惯了尔虞我诈，也有很多人因为他的地位和条件主动靠近他，可是他的内心依然希望有一份纯洁的爱情。陈星星这个工作任劳任怨，又时不时冒出一些稀奇想法的女孩，一下就击中了他的心。还有陈星星的文字，好像有种魔力似的，让他忍不住一直读下去，同时，他也看到了陈星星的倔强和不服输。

他说他有信心，把陈星星培养成作家。

他还说，他有信心，帮她制造一段灿烂的人生。

主编开启了追求陈星星的攻势，软磨硬泡，从网上学习招数，不停地制造惊喜和接触机会。他会提醒陈星星每天的天气，会在陈星星深夜加班时，点一份夜宵带给她，会为她的文章出谋划策，规划她未来的职业生涯。

就是这样日积月累的努力，不辞辛苦的付出，不计其数的肯定，让陈星星也有了动摇。她知道，这个比自己大八岁的男人，就是家里人常说的那种——“找一个爱你更多的人，生活会容易一点”。

陈星星也明白，井仁或许就是青春期里一场无法企及的梦，是够不着的星辰，只能站在原地远远地欣赏，无法真正靠近，更别提拥有。

不是有人说过吗，在年少时一定要狠狠地暗恋一场，受足够的伤，忍无限度的想念，再谈一场不计后果的恋爱，轰轰烈烈，恣意疯狂。

而后，就可以和青春道别，和现实握手言和。

此刻的陈星星，就是如此。

她明白了，井仁医生和她，在最开始的时候就是两条平行线，再怎么努力，都只会让这两条平行线靠近，而无法产生交点。这么久以来井仁医生的沉默和不回答，就是最好的答案。

在相处的这些日子里，虽然关系亲近，可他从没有对陈星星越过界限，表白，牵手，接吻，都没有过。或许是喜欢没有那么强烈，或许是还没下好决心，或许是本身就是不恋爱体质，但无论如何，他们最终的关系只定格在了“最好的朋友”上。

是一个大雨滂沱的夜。

陈星星刚从高级餐厅里出来，一旁陪着的，是杂志社的主编，今晚他约了她共进晚餐，这是他的表白宴。

而这两个多小时，井仁就在餐厅的门口傻傻等着，他喝了一整瓶红酒，脸红成了一片。

自打上次在步行街差点被小偷偷了手机，陈星星就把井仁手机里的定位与查找功能打开了，两个人可以实时分享彼此手机的位置，顺着这个线索，井仁一路找到了这家餐厅。

雷闷闷地响着，巨大的雨点打在井仁的脸上，他的头发顺着雨落下的方向，垂在眼前。湿透的有他的衬衣，有他的鞋子，还有他的眼睛。

陈星星出门看到井仁后，非常惊愕，她拿起手里的伞，想打开递给井仁。

井仁拒绝了。

“让我清醒吧！让老天叫醒我吧！曾经那么好的你在我身边，我都没有勇气承认对你的爱！”井仁的声音很大，很显然，酒精发挥着作用。

陈星星皱着眉，身后是沉默的主编，眼前，是她青春里的星辰，虽然此刻的井仁那么落魄，那么失意。

“你可是明星牙医啊，你怎么能这么狼狈！”雨落的声音越来越大，陈星星不得不扯着嗓子喊。

“你们在一起了吗？”井仁大声地问。

陈星星没有说话。

“你们在一起了吗？”井仁继续问。

陈星星的脸上也有湿润的痕迹，分不清是溅落的雨水，还是泪水。

“你们在一起了吗……”他已经哭得像个小孩。

一声巨大的雷声从头顶落了下来，震碎了陈星星的心，就在刚刚，她已经答应了主编的表白，决定以情侣的身份，相处看看。只是她的沉默，让主编也懂了些什么。

“我错了！我能！我可以！我愿意！”井仁放声大哭，面对即将失去的女孩，他用尽了一切力气去挽回。

原来爱是这样的滋味。

喜欢你，所以你不可以喜欢别人。

一时间，曾经一起打电玩，一起追扒手，一起送外卖，一起赶地铁的时光，都浮现在了眼前。那些真实存在过的细节，像针一样，扎在回忆里，刺得人痒痒的。

每个人在年少时，都一定遇到过这样一个人，你和他有过很多交集，你们展望过很久很久以后，彼此许下的承诺，都以一辈子作为期限。可当慢慢长大，见过这个世界的残酷和复杂后，那些关于爱的勇气与力量，都在渐渐消退，直至被彻底磨平棱角，也就永远地失去了这份青春时的美好。

就像现在的陈星星，她穿着高跟鞋和连衣裙，已经不是当初那个抬起腿说自己跑得快的马尾女孩了。

付出会累，坚持会累，得不到回应会累，长时间的陪跑也会累。只是太多的人会遗憾，太少的人会珍惜，拥有总是在失去后才显得那么宝贵。

雷还在闷声打着，雨也变得稀疏起来，主编上前，一只手揽在陈星星的腰上，示意她车已经停在一边。

她提着裙子，眼睛盯着一阶又一阶的台阶，轻轻拢了拢早已剪短的发，侧身登上了主编的车。

那个男人朝井仁点了点头，没有说一句话。

大雨里，井仁哭得撕心裂肺，他的声音如咆哮的洪水。

"我是傻瓜，我是笨蛋，我是没用的家伙！我喜欢你！我从遇见你的那一刻就喜欢你！我喜欢你！我喜欢你！我喜欢你！我喜欢你！"

他哭得失去了力气，绝望地跪倒在了地上。

围观的人群散开了，井仁颓败地坐在地上，他的头发贴着脸颊，雨水滑了下来，混合着眼泪滴落在地。

他看见她坐上车，逐渐远去。他自知自己没有权力责备什么，这一切都是他自找的，他辜负了她的主动，浪费了她的热情，耗尽了她的等待。他软弱地将所谓的原生家庭和曾经遭受的伤痛当作借口。

只是很多爱情里的傻瓜都是这样，以为满不在乎，却再也移不开目光，以为没有能力，却早已用尽浑身解数……

当恍然大悟的时候，心爱的人早已别过，不再属于自己。

巷子逐渐漆黑下去。

九

主编的车缓缓向前行驶，轮胎摩擦地面的声音越来越小。汽车的尾灯渐行渐远，融进了夜色里。

这条小巷子，彻底地漆黑起来。

就连头顶的月光，也朦胧得没什么光亮落下来。

直到不远处，一束红色的光亮重新照射过来。

是车的尾灯，车停住了。

一个女孩打开车门，手里提着高跟鞋，朝着餐厅的方向疯狂奔跑。

她没有穿鞋，赤裸的双脚踏在水泥地上，脚步声变得愈加迅捷，大雨中，女孩的模样也越来越清晰，越来越逼近，直到她稳稳地站定在井仁面前。

“我早就跟你说过，我是学游泳的，我很会跑的！”

大雨中，陈星星朝着面前的井仁大声喊。

井仁哭着拥吻了陈星星，大雨里，他们激动又愧疚的泪水交织融合，那些对未来的恐惧，对自我的不确定，都在爱的力量下被击垮粉碎。

因为——

爱是一拍即合的事情，它能穿越所有的阻碍，打破一切桎梏，用最温柔、最美好、最自然的方式，来到对的人身边。

我不要灯红酒绿的生活，我只要循着曾经的心动。

我不要长长久久的许诺，我只要当下和你轰轰烈烈。

我不要全世界，我只要你。

IF WE WOULD MEET AGAIN FINALLY

如果 我们终将重逢

一

秋天是一个容易让人心碎的季节。

踩着铺落在地的枯叶，听见它们发出咔嚓的粉碎声，清脆而明晰。比起叶秆果决的断裂，叶片的粉碎声更为窸窸窣窣，细细密密的，如同心碎。

裴欣欣不敢大方地迈开步子，像她这样敏感细腻的人，哪怕踩到破碎的落叶，心底都会涌起一丝不忍。

这并不可笑，像她这种人，永远都在为这个世界让步。

绝不需要什么惊涛骇浪，最好躲在没人发现的安全角落里，不要因为自己而搞出什么声响，普普通通，没什么不好。

除了叶子破碎的声音之外，道路冷清，再没什么动静。

这真让人感到寂寞。

天空辽远，别说尽头了，就连是从哪里开始延展的，都无法分辨。万里之内，没有一丝流云，只有一望无边的蓝色。

裴欣欣不敢轻易抬头，秋日寥廓的天空，只会让她伤感于自己的渺小。

是的，她也不喜欢自己的性格——因为雨天就会感到难过，越耀眼的人越不想接近，不喜欢太大的机遇和挑战，身边的一切最好都一成不变。

然而讨厌归讨厌，她自知自己就是一个极其平凡，非常普通，走进人海绝对会淹没的那类人。

她继续往前，小心翼翼地走。

裴欣欣走进一条小胡同里，里面有家茶馆，售卖的红茶说是从英国进口的，国内没有卖的。她花了好长时间才从网上搜索到这个地方，她来此处，正是想要喝到这款红茶。

“丁零”一声，裴欣欣推门进去，她微笑着开口，向服务员点了这款红茶。

“您真会点，这款红茶全北京就我家在卖。”服务员说。

“是的。”这个答案早就在裴欣欣心里。

“喝的人不多，因为不太符合国人的口味，都说有一种又苦又酸的味道，您为什么会喜欢这款红茶呢？”

为什么呢？

裴欣欣一瞬间也愣住了，她并不是一个喜欢喝茶的女孩，更何况是这款味道特别的红茶。在这个秋日的北京，她穿过半个北京城，转乘两次，坐了二十站地铁，才终于抵达这条小胡同，就是为了寻找这样一款红茶。

哦，是因为那个男孩曾说过，他很喜欢。

二

这是入秋后的第一周。

是重回孤独的第二个月。

也是想念他的第九十八天。

就在两个月之前，裴欣欣还在努力尝试着接受一位学长的追求。裴欣欣和学长是在一个法语角的活动上认识的，虽然裴欣欣念法语专业，但全科成绩里法语是最不好的。因此，她强迫自己参加这类活动，想着能练习一点是一点。

裴欣欣唯唯诺诺地站在一边，面前是一群操着熟练法语聊得热火朝天的同学，他们似乎都已经是很熟悉的搭档了，只有裴欣欣，一遍一遍地想见缝插针地加入其中，却又一次次打退堂鼓，像一只落单的流浪猫，无所适从。

“同学，要一起进步吗？”一个男同学的声音在她身后响起。

虽然是极其无趣的开场白，但裴欣欣也像是抓到救命稻草一般。她转过头，看见男同学戴着厚厚的黑框眼镜，简单的平头，朴素的衬衫。

她强装兴奋地和他打招呼。

“你很可爱。”学长用法语说。

“谢谢。”裴欣欣瞬间红了脸。

后来她才知道，这个模样看上去老实憨厚的学长是学校法语社的创始人，成绩连续两年稳居法语系第一，高中就已经达到了法语 DELF B2 等级，传奇经历早就在学校里传得沸沸扬扬。

虽然长相平庸，但他是一个说话会让对方感到极度舒适的人，和他在一起的每个人都会钦服于他的温暖和体贴。

同学们对他的评价只有三条："将来肯定是个人才""富有学习力"，还有——"别看脸"。

裴欣欣被学长追求的事情，很快就传遍了法语系。有人说，他们很般配，学长相貌平凡，可学习能力不一般；裴欣欣长得算清纯可人，成绩却并不亮眼。

可在裴欣欣心里，她只会质疑自己，学校里优秀的女孩那么多，学长怎么会偏偏喜欢自己。

毕竟除了长相外，她真的一切都很普通——

看到虫子会叫，朋友喊帮忙从不拒绝，进教室就往最后一排坐，到食堂总是去同一个窗口，衣服只穿最安全的基本款，没有任何花哨的社交。

但也和大多数普通女孩一样，尽管觉得自己很平凡，但并不妨碍她去喜欢一个闪耀的男孩。

裴欣欣心里就住着一个闪耀的男孩，更准确点说，是一直住着一个闪耀的男孩。

于是她拒绝了学长的温暖和好意，也因此，从两个月前开始，就再没有男生约她出去了。

重回孤独的裴欣欣一点也不觉得难过，在她心里，她承认那个闪耀的男孩始终占据全部领地，他巍然地立在那里，让一切新来的好感都被拒之门外。

那个闪耀的男孩，叫韩子容，是裴欣欣的初中同学，裴欣欣单向暗恋他，一直没敢说破，后来人家出国念大学去了，两个人就断了联系。

可就在九十八天前，裴欣欣得知一位初中同学有他的微信，便加上了他。可看他不怎么发朋友圈，裴欣欣又大费周章让同学要来了他的 Instagram 账号，没敢关注，而是每天都搜索查看。

从他更新的日常动态看，这是一个有钱人家的男孩，学习成绩平平，文身，吸烟，喝酒，追赶奢侈品和时尚。

他属于痞帅类型，寸头短发，脸型瘦削，单眼皮，高挺的鼻子上有一颗小小的痣，带着一种描述不出的高级感。

他的照片基本上都是暗黑色调，日常的衣服也都以黑色系为主，偶尔穿得鲜艳，那绝对是去参加朋友的主题派对了。

有在夜店里的颓废风自拍，有在文身店里比中指的不屑照，有穿着另类怪异服装的照片，总之，他在向这个世界宣告他的叛逆不羁。

身边朋友都觉得裴欣欣脑子进水了，放着优秀体贴的学长不要，去喜欢一个在异国他乡的文身小子，最糟糕的是，人家还有女朋友。

没错，韩子容现在在纽约谈了女朋友，然而即便如此，喜欢一个人还是控制不住的，那种感觉像从皮肤底层散出来的揪心的痒，一阵又一阵，却让人找不到抓的地方，折磨着每一个着迷于此的人。

她也清楚，喜欢一个没有结果的人，和游过一整片太平洋一样困难。

可每天晚上，她还是会登录Instagram，反复查看韩子容发出来的为数不多的照片。

在纽约韩国城吃泡菜豆腐煲时，他一只腿蹬在凳子上，耳朵上夹着一根筷子，头微微抬起，眼神冷酷。这样子，迷人。

在纽约大学的教室里，他蹲在角落，一只手痛苦地覆盖住半张脸，另一只手攥着烦透了的作业纸。这样子，迷人。

在夜店的主题派对上，他穿着一件黑色无袖的警察服装，画着万圣节才会有的鬼魂妆，头上扣着一顶黑色棒球帽。这样子，迷人。

在加州自驾，道路旁是乡间田野，广袤无垠，他盘腿坐在车顶，额前束着黑色印花发带。这样子，迷人。

在巴黎，他和朋友在埃菲尔铁塔下摆各种奇怪的动作，尽情搞怪。这样子，迷人。

他胡子拉碴地坐在意大利小小的比萨店，狼狈地啃着一块比萨，嘴角还有无意间沾上的番茄酱。这样子，迷人。

偶尔回北京，他站在天安门广场前，左手拿着气球比“耶”，右手抱着家里的小外甥，傻憨憨地冲着镜头笑。这样子，迷人。

……

总之所有的他，在裴欣欣眼里都迷人。

喜欢一个人就是这样的，会因此变得愚笨，变得偏激，变得丧失理智、不可理喻，对方所有的缺点在自己眼里都变成了优点，而所有在别人看来极其普通的地方，也变得闪闪发光。

并不容置疑。

三

翻来覆去的夜里，裴欣欣只能无助地翻他的照片，一遍又一遍。不知道有多少个夜晚，都是眯着被手机灯光晃照的眼，反复滑动着他的个人主页。

想点赞，但不敢，怕一主动了，就失去了所有。

在这个世界上，永远有一种失眠最痛苦，那就是单向的想念。

“你永远不会知道我多喜欢你。”

在这句话里，最残忍的不是“我多喜欢你”，而是“你永远不会知道”。

然而这些痛苦都没有打倒裴欣欣，反而让她进入一种痴迷又癫狂的状态。

她以前从不戴手表，可心血来潮的她，给自己买了一块月相手表，把表盘上的时间调成纽约时间，虽然时差很好计算，可她仍旧追求着某种意义上的同步。

她说：“这样每时每刻我就都能知道，他那边是几点了，接着，我就可以想象现在的他在做什么，我们好像因此同步了，时差在我们之间绝对地消失。”

她买了一本关于纽约的旅行书，里面介绍了纽约各类景点、博物馆。她看着自由女神、帝国大厦、自然博物馆的照片，幻想着韩子容是否曾经到过这里。

韩子容最近在买的游戏盘，裴欣欣也会买来，虽然她并不会玩。

韩子容最近吃的食物，裴欣欣也会找遍北京城去吃，好像算是一种默契。

韩子容最近听的音乐，裴欣欣也会下载下来单曲循环，似乎这样就能猜到他的心情。

只有一件事，裴欣欣模仿不来，那便是韩子容和女朋友的日常。

心碎，单恋的人在所难免。

喜欢一个人，就要付出相应的代价。

由于缺乏勇气，裴欣欣从上学时就喜欢韩子容这件事，一直都没有告诉过他，更何况现在的韩子容正在恋爱中，不管自己有多喜欢，也不能做对那个女孩不公平的事情，这是不能触碰的底线。

于是只有在极少数想他想到崩溃的时候，裴欣欣才会给他发去微信，问一些无关紧要的事情。

“纽约怎么又示威游行了？一闹新闻我们考试就考，哈哈哈……”

“咱们初中的班主任再婚了！大家都在组织给他庆祝呢，哈哈哈……”

“在机场看到了美联航，你坐过吗？是不是服务特别不好，哈哈哈……”

那些“哈哈哈”的背后根本没有真心实意的笑，相反，手机这端的她，紧张兮兮，若是能收到只言片语的回复，绝对算是一种解药。

裴欣欣生活中最开心的瞬间，莫过于朋友圈收到韩子容的点赞了，虽然次数不多，可足够开心一阵子。

她还会因此去研究被点赞的这条朋友圈内容究竟好在哪里，默默地揣测韩子容的心态，并在下次吸取这个经验。

在她的日记本上，清晰地提醒自己：

“他喜欢多图少文的！”

“美食他不感兴趣！”

“他喜欢小动物！赶快找找学校里的小猫小狗。”

裴欣欣偶尔会发仅他可见的动态，那是专门写给他看的，就像两人的窃窃私语，然后再期待着他的点赞。

她多希望在自己不打扰他的情况下，韩子容可以主动看到，并且互动几句。

哪怕只有一个点赞也好。

然而，这属于小概率事件。

喜欢一个人，就一定要让他知道吗？

喜欢一个人，就一定要得到吗？

喜欢一个人，看他幸福，自己就会幸福吗？

这些问题的答案，每个人心里都有，只是当事情真正发生在自己身上时，才知道什么是真正的难熬。

单相思的想念，最折磨人。

裴欣欣也一直在想，自己好端端的，为什么偏要苦苦喜欢一个非单身的人，怎么就那么偏执地想要编织一个没有结果的故事。

可有时候，喜欢就是如此，一点也不可爱，甚至有些不可救药。

朋友口中那个“穿着奇奇怪怪”的韩子容，在自己眼里是那么特别，不管朋友怎么说他“穿一身奢侈品炫富”，她都觉得没什么，她懂那是他的时尚。

好喜欢他的单眼皮，也好喜欢他小小窄窄的嘴巴，喜欢他好看的身材，还有他最干净又特立独行的眼神。

裴欣欣就这样沦陷了。

初中的同窗回忆早就消逝了一大半，也不知道现在的他是否和当年那个在学校里总是冲在前面保护别人的男孩一样勇敢、霸道、充满保护欲。

但喜欢，就是喜欢，才不会理睬他是否还是当年的他。

经历了一年的煎熬，裴欣欣终于下定了一个决心，那就是飞去纽约，飞去那个他生活的城市，算是给青春一次祭奠。

关于要不要通知韩子容，要不要约他见面，裴欣欣心里都没有确定的答案。她当然想和他来个不期而遇，可一想到他现在有心爱的女孩，就觉得自己绝不能兀自出现，更不能凭空打扰。

见与不见的纠结，就像反复缠绕的藤蔓，在裴欣欣的脑海里乱成一片。

有时她会在日记里说：“只要我保持足够多的真心，我们就能遇见。”

有时，她又会在本上写下：“我飞去纽约，但你不必见我。”

是啊，其实不停倒戈、反复纠结的裴欣欣没有什么奢望，她只是想——

“在你如今生活的城市走走，去你可能会去的面包店，到你的学校看一看。又或者，只是单纯地在韩国城里找到你爱吃的那家店，点一样的套餐，坐在你习惯坐的位置上，也跷起一条腿，拥有我们在另一个时空的默契。”

裴欣欣的日记本里还有一页写着：“我一直相信，我们是在恋爱的，只不过我们的恋爱在另一个平行时空里。在那个世界，我拥有一块勇敢爱的手表，它让我们没有时差。我们的爱情，它甜蜜，它哀伤，它和全天下的爱情一样伟大，它轰轰烈烈又细水流长。”

合上日记本，就能看到她写在封皮上的那句话——“只要我保持足够多的真心，我们就能遇见。”

是啊，老天怎么会那么残忍？

当你足够喜欢一个人的时候，你们就会相爱。

四

鼓起勇气，裴欣欣还是给韩子容发了信息，借着想要份攻略的由头，把自己要来纽约的行程告诉了他。可裴欣欣也做好了打算，如果韩子容热情地提出接待，那她就委婉拒绝，绝不能做一个破坏别人感情的家伙。

然而她多虑了，因为她压根儿就没有收到韩子容的回复。

一个字也没有。

或许他太忙，或许嫌麻烦，或许他不情愿接待，或许是他女友看到了这条信息，然后轻轻点击了删除键。

也可能没有或许。

裴欣欣一个人踏上了飞去纽约的航班，十二个小时的旅途里，她的心酸更加浓烈。

抵达纽约的那个晚上，裴欣欣无法入眠，她知道不是时差的缘故。她打开手机看了又看，还是没有韩子容的回复。

早上醒来，又形单影只，手机安静得像是离开了海水的贝壳。

纽约的太阳是同一个，只是散下来的光芒清冽了许多。

她挺勇敢的，一个人插着耳机，播放着韩子容曾在朋友圈分享过的歌曲。走在纽约城里，心中从没有失去过信念感，反而无比相信：当我成为一个很爱很爱你的人时，你一定会感应到。

她听着韩子容喜欢的歌曲，找寻他的痕迹。

在纽约的这几天，裴欣欣一个人去逛了大都会博物馆，也去了纽约大学，甚至有天晚上还鼓起勇气，跑去了韩子容曾经去过的酒吧，像个异类一样拘谨地听着吵闹的蹦迪音乐喝啤酒。

她发了很多条朋友圈，包括在韩国餐馆里模仿韩子容的那张。

然而无一收到他的点赞或评论。

没关系的，青春里大多数的喜欢都是这样难挨，它们都像坠入海底的石头，除了慢慢腐烂，被珊瑚等海底生物占据以外，发不出一点声响。

“喜欢”不像“欢喜”那样可以轻易得到，“欢喜”能用金钱满足，“喜欢”不管用什么，只要另一个人不打开那扇大门，大门这边的这个人，再怎么努力都只会撞个头破血流。

但真的好喜欢他啊。

他真的好好看。

他是最特别的存在。

可惜就要离开了。

在纽约待满十天后，裴欣欣不得不准备回国了。

临出发的前一晚，裴欣欣买了瓶红葡萄酒，打算在房间里灌醉自己，她在酒店房间里哭得不成样子，以此告别这场跨越太平洋的盛大的追逐。

喝得迷迷糊糊时，她又发了一条要离开纽约的朋友圈，还没来得及看底下的互动，就倒头睡着了。

第二天醒来，她收拾行李准备去机场了。

忽然，收到了来自韩子容的信息。

“来纽约了？”他问。

五

裴欣欣把手里正叠着的衣服扔到一旁，努力按捺住自己激动的心情，她删删改改了好几次，有大段大段的，有语气活泼可爱的，也有带了对方一定会回答的疑问句的，然而最终回复的是——

“对的～”

就连这个波浪线，都是裴欣欣思考很久后才发出的——最开始没有标点符号，但她怕这样显得高冷；后来加了句号，又觉得这样显得生疏；如果换成感叹号，又似乎很主动……

一番思考，磨来磨去，发出这两个字加一个标点符号，就用掉了将近五分钟的时间。

发出消息后，她在原地跳了好几下，情不自禁的欢笑从微微发颤的喉头发出来。她用双手捂住脸，手又不受控制地在脸和头上来回揉搓。她一屁股坐在床上，抬头看着天花板，不知道如何描述此刻的心情。

“叮”的一声，韩子容回复了。

他说：“不好意思，最近心情不好，快一礼拜没出屋了，也没有提出来招待你。”

隐约中，她仿佛感觉到了什么，但也不敢确信。她问：“怎么了？”

不可否认的是，那一刻的裴欣欣，有暗自的期待，连同喷涌而出的剧烈心跳。

她有了邪恶的念头，希望他们分手了。可想到这里，她又觉得不该这样，随即甩了甩不清醒的脑袋。

“分手了。”他答复。

轰隆一声，窗外传来了施工的声音，打碎了裴欣欣屏住呼吸的紧张与安静。

忽然之间，纽约层层林立的高楼大厦中，一道晨光从缝隙里用力地透过来，照在裴欣欣的脸上。

热热的，辣辣的，她明白，一定是老天看到了她。

裴欣欣努力稳住疯狂跳动的心，然后打了个越洋电话给妈妈，问是否可以在纽约多留几天。

妈妈答应了她。

裴欣欣平复了一下心情，她微微咬着嘴唇，把头发整整齐齐地盘了起来，束在头顶，充满仪式感，像迎接一个重要时刻一样。

她知道的，她一定知道的，当很喜欢很喜欢一个人的时候，一切都会好转起来，什么也不用怕。

接着，她把在床上躺着的手机拿起来，假装若无其事地敲下几个字：“我陪你出去走走？”

这一刻，她在心里已经把他们画在同一个圆圈中。

终于，裴欣欣看到了这些年漫长的等待里，唯一一次没有时差的希望。

韩子容回答：“好。”

裴欣欣把微微咬着的唇松开，不自觉地得意，她强忍住内心的狂喜，上扬起了嘴角。

正盘算着怎么回复韩子容，就看见屏幕那端又发来一条信息，他说：“你可以陪我去求求她吗？我好喜欢她。”

那一刻，即便裴欣欣努力让自己稳定情绪，却仍然挡不住滚烫的眼泪奔涌而下。原来无论如何，他心里都只装得下那个女孩。裴欣欣明白，自己一直是一个局外人，站在这个世界的边缘。

“她一定很爱你，也把我比下去”这句歌词，不自觉地从裴欣欣心里唱了出来。

这个世界上，有很多不该诞生的喜欢，也有很多无法言说的好感，它们都难以克制，占据着我们头脑大部分的思绪。

而不可回避的真相是，大多数的喜欢，都只是空欢喜一场，大多数的遇见，时间都是错误的，大多数的我们，最终都只是我和你，没有“们”。

更为危险的是，越喜欢一个人，就会变得越卑微，而这种卑微只是对自己内心的一种折磨，除此之外，没有一点用处。

裴欣欣想了很久，还是决定和他见一面，无论如何，看着他伤心难过，总还是有些放心不下。

见面的时候，纽约刚好下起了雨。

韩子容没有打伞，这符合他一贯酷酷的个性。

裴欣欣的确精心打扮了一番，从地铁站出来时，用手里的帆布包挡了一下头，心想可不要把精心化好的妆搞砸。

“不好意思晚到了，出来的时候还没有下雨。”裴欣欣一边脱外套，一边小心解释。

眼前的这个男孩子，就是自己喜欢了那么久的人，见面并没有像别人说的那样，会打破很多幻想，反而，她绝对确定，自己好喜欢眼前这个帅帅的男孩。

他的黑眼圈很深，气色也不好，但这让他看起来有些迷离的迷人感，眼神也因此温柔很多，他身上的那股香水味道，是很小众的“松木”味道。

“嗨，好久没见。”这是韩子容开口说的第一句话。

六

他可真好看，脸紧致得像模特一样，总觉得他是在嘬腮，不然脸的轮廓为什么会那么立体，那么深邃。他右侧脸颊有一个很小很小的疤痕，润湿头发的雨水滑落下来，在疤痕的坑洼处，有一秒钟的停顿。

太好看了，太好看了。

“要喝什么？我去点。”韩子容说。

裴欣欣猛地回神，说：“热水就可以，我不太习惯喝咖啡。”刚说完又开始紧张，心里的乖乖女马上跑出来警告自己：聊几句赶快离开，人家刚分手，并不喜欢你，不要趁火打劫！

韩子容去点了单，回来的时候，端了三杯。一杯是给自己的咖啡，一杯是热水，还有一杯是红茶。

“这家的红茶很特别，是英国很有名的牌子，你可以试一下，不喜欢的话就喝热水。”

男孩的关怀还没有落下尾音，女孩便脱口而出：“我当然知道……”

裴欣欣经常偷看韩子容的社交软件，当然知道这家的红茶是他最喜欢的，也知道这是英国很有名的牌子。她意识到了自己要露馅了，连忙补了一句，“嗯……这个牌子这么有名，大家都知道……”

韩子容有些困惑，他用纸擦了擦嘴唇上的咖啡，问：“国内也有这个牌子吗？”

裴欣欣不知道怎么回答。“海外购，知道吧，英国直邮，进口货一网打尽。”越说越离谱，语无伦次的裴欣欣赶紧转移话题，“说说你吧，怎么分手了？”

韩子容的脸色立刻变了，好像滂沱大雨前的天色瞬间阴沉下去。

随即，他的眼睛就红了。

她一定很爱你，你也一定很爱她。

不知道为什么，那句歌词又开始在脑海里徘徊。

“她一定很爱你，也把我比下去。”

裴欣欣说想看看他女友的照片，韩子容翻了一张出来，是他们俩的自拍，女孩妆容精致，穿着时尚，显然是从未吃过苦的富家女孩。

再低下头看看自己，虽然总会坚定地鼓励自己，对自己说“我就是最棒的”，可还是会在这个时候败下阵来，觉得自己黯然失色，一无是处。

那个富家女孩每天吃吃喝喝、玩玩乐乐有什么不好呢？自己这样的普通乖乖女就真的高级吗？裴欣欣不得不承认，这种酸酸的感觉真不好。

韩子容跟裴欣欣讲了很多他们的爱情经历，两个人一起自驾周游美国，到过迈阿密的海滩，也晒过加州一号公路的阳光。

韩子容可以清楚地细数每一个他们吃过的餐厅，哪些是老据点，哪些是踩雷的餐厅。甚至是买回家的玩偶、杯子、香薰，都有特殊的意义。

至于他们吵架闹分手，原因也很简单，韩子容总觉得自己爱得太多，付出太多，而对方并没有同样地对自己，那个女孩很爱失联，每次的理由都是彼此也需要个人空间。

倒不是计较感情天平的倾斜，只是当很努力地去爱一个人，却得不到回响时，多多少少会有一些失落和无力。

裴欣欣又何尝不是呢？

当很喜欢很喜欢一个人，却永远只能看到漫无边际的“不可能”时，那种感觉，真的很让人绝望。

“她有解释什么吗？为什么没有那么爱你？”

“她觉得我们的感情早就到了平淡期，不需要斤斤计较，觉得我的胡思乱想和敏感，都让她太累了。”

是啊，多少感情，都会输在“太累了”上面。

经不起拉扯，熬不过沉默，受不了折磨，不想一错再错。

“那你打算怎么办？把她追回来吗？”裴欣欣问这句话的时候，仿佛可以听到自己的心声——“多希望回答是‘不了’，多希望我们之间可以有个可能，多希望你能给我机会，向你证明我们才是更合适的。”

但爱情就是这样狡诈，它从不肯给人轻而易举就得到的答复，而是任由时间编纂，串成两人之间长长的线。

“我去抽根烟。”韩子容起身出了咖啡厅，没有多说一个字。

裴欣欣当然知道，他一定还是舍不得，他一定还是狠不下心，他一定还是很爱她。

于是裴欣欣给妈妈发了个信息过去：“妈妈，我不想待在纽约了，想你和爸爸啦！”

擦了擦湿润的眼眶，她就起身从咖啡厅的后门悄悄走掉了，那杯特别的红茶一动未动。

裴欣欣觉得，她就像那杯热水，韩子容就是那杯苦咖啡。

而红茶，永远属于那个女孩。

七

后来，裴欣欣咬了咬牙，花了一笔不便宜的改签费，买了最近的飞回北京的机票。匆匆收拾完行李，坐上去机场的出租车时，才发现手机微信里留着这样一条信息——

是韩子容发来的。

他说："你去哪儿了？我去隔壁便利店给你买了雨伞，纽约这几天下雨。"

裴欣欣搭了飞机回到北京，这里才是她真正的归属。当自己迷失在纽约，找错路、搭错地铁、买错生牛肉三明治的时候，她就知道，纽约这个城市，本来就是属于那个女孩和韩子容的。

只是没关系，爱而不得的事太多了，生活还要照旧，现在爱不到，或许只是人生对她的短暂考验，除非自此一蹶不振，否则一切都有无限可能。

回到北京后，裴欣欣并没有像自己想象中的那样，放下对韩子容的喜欢，这份感情反而变得更加炽烈了。每天晚上睡不着，就翻出手机看自己在纽约拍的照片。

她在帝国大厦顶端拍摄过夜晚的曼哈顿，他也一定曾站在过这个地方，跟她一样俯瞰过这座绚烂的城市。

她在中央公园看老人拉小提琴，用零食喂鸽子，他也一定曾在这个地方，跟她一样听着老人演奏的《沉思》。

她在下城的唐人街里买过那么多食物，吃过那么多中餐馆，她的脚印也一定曾覆盖上他的脚印。

"单方面的喜欢可真让人沮丧，它试图消磨我的自信，打击我的耐心，甚至想要浇灭我生活的热情。"

"然而我不要。"

“喜欢一个人，绝不能因为追不上而停下脚步，而要持续努力地奔跑。这样哪怕一直落后，那个喜欢的目标，永远也不会消失在视线当中。”

裴欣欣这样想着，随即开设了一个微博小号，无一人关注，里面记录了她每天对韩子容的思念。关于他吃的食物，去的地方，听的歌，发过的状态，裴欣欣都一一做对应的回复。

微博的名字叫“喝白开水对你有好处的欣欣裴”。

微博的简介是：“记录平行时空里，一对异国恋情侣的日常，女孩视角。”

如果仔细对照男孩的微博，就会发现，女生的微博都有一一的对应。

韩子容在 Ins 上发：“这星期要准备两个 pre，关键是同组的印度人什么也不干………跟他沟通，他就故意讲我听不懂的印度英语，老子气得自己干！”

裴欣欣就在微博小号里发：“乖啦，不生气不生气，不跟他计较，等我下次去纽约，当面收拾他！”

韩子容发：“今晚要熬夜赶 ddl，打开冰箱没什么吃的，点了一份 L-size 的比萨，一大桶可乐，现在做着作业，满脑子都是芝士培根蘑菇这些……”

裴欣欣就发：“笨蛋，冰箱里怎么能不存一些食物，一个人生活就是不会照顾自己，下次我去了给你全都补满～”

……

可以说，裴欣欣活在想象世界里，而韩子容丝毫没有察觉。

生活总是向前跑的，再不想经历的事情，也都会成为过去，而同样的，不管多美好的温柔，也都会逐渐失色，成为回忆。

裴欣欣读大三的那一年，那个曾经追求过裴欣欣的学长，又出现在了她的生活里。只不过这次他的身份不一样，他是裴欣欣的法语辅导员。

为了让更多学生考上研究生，法语系搞了一个活动，让法语成绩好的高年级同学帮助低年级的潜力选手，利用每周固定的法语活动时间，一对一进行辅导。

学长是法语系专业成绩第一名，刚上大四就获得了保送北大法语系读研究生的资格，毫无疑问，他成为所有大三潜力学生最想得到的辅导员。

但也毫无疑问，学长选择了裴欣欣。

学长还是那个样子，背着双肩包，戴着厚重的金属眼镜框，留平头，看起来就是忠心耿耿男。不知道是因为学法语，还是因为时间过去了两年，现在的学长，口头禅早已不是那句“同学，要一起进步吗”，而是有他浪漫的一套。

追裴欣欣的时候，学长会写法语诗。

会坐公交往返两小时，去郊区亲手摘裴欣欣最喜欢吃的草莓。

会托朋友从英国带回裴欣欣在朋友圈里发的、想暗示韩子容点赞互动的那种红茶。

每次见面时，绝不穿裴欣欣不喜欢他穿的衬衣。

……

裴欣欣和学长摊了牌，说自己一直有喜欢的人。

学长说，没关系，他可以等。

裴欣欣和学长说，可以接受每天一起吃饭，去图书馆学法语，周末出去看电影，但是绝不能接受恋爱，也不会喜欢上他。

学长说，没关系，慢慢来。

于是每天早上学长都会提前出现在裴欣欣的宿舍楼下，等她一起吃早餐，送她去教室上课。

下雨了，打着伞来教室接；起风了，来送自己的大衣；裴欣欣想独处，学长就自觉消失；裴欣欣周末要回家，学长就坐地铁送她到站，再自己坐回学校。

就这样坚持了一年时间，直到学长到北大法语系读书，也没有削减他的半点认真和热情。

身边的所有人都和裴欣欣说，差不多得了，一年了，就答应了吧。

甚至连裴欣欣的父母都劝她，一辈子找一个爱自己的，比辛辛苦苦追一个自己爱的，要幸福得多。

只有裴欣欣，心里从来没有动摇过。

找一个喜欢自己更多，还是自己喜欢更多的人，永远是一个令人头疼的疑难题。

八

这一年里，很多事情都变了。

比方说，韩子容和那个女孩复合了，因为他们又开始出入那些酒吧，开着留学生的派对，过着快乐的时光，虽然他们没有再去巴黎旅行，也没再到过加州晒太阳。

当然，也有一些事情没有变。

比方说，裴欣欣依然更新自己的微博，回应着韩子容的每一条动态，无人关注、无人评论、无人点赞，但裴欣欣觉得很安全，很自由，她可以尽情地宣泄自己的感情。

在跟学长相处的这一年里，裴欣欣苦练法语，看法语新闻，看法国电影，听法文广播，沉浸在法语世界里。

她的法语水平越来越好，在这个过程中，她也觉得自己自信了、勇敢了，她不再是那个只想隐藏起来的怯懦女孩。对于很多事情，她已经化被动为主动。

裴欣欣曾发过这样一条微博：“因为喜欢你，我要变成更好的自己。”

在这段单方向暗恋的时间里，裴欣欣一直相信，只要自己足够努力，就能成为一个了不起的女孩，总有一天会因为发着光，而被他看见。

裴欣欣偶尔会接下一些接待法国客户的工作，陪着他们一起去工体的酒吧小酌一杯。在那里，她认识了一位来自南京的调酒师，名叫樊岳。

“你长得很像她。”这是樊岳为她调酒的时候，说的第一句话。

裴欣欣听到这样的搭讪，已经不再那么惊讶了，这一年，也有两个男生向她示爱，只是这样的开场还是过于老套了一些。

她微笑着问：“哪里一样呢？”

“眼睛。”樊岳说，“你们的眼睛里都有光，对未来充满信心。”

“那么她肯定也有喜欢的人吧。”

“你怎么知道？”

“因为我一直都相信，喜欢一个人，可以变成更好的自己，未来也会越来越顺利。”裴欣欣说，“至少，我一直这样坚信。”

樊岳低着头，在酒吧昏暗的灯光里，她看不清他的脸，不知道他此刻是怎样的神态。

“我们来自一个地方，都在南京读书，可是，现在我的生活一片混乱，本来以为可以当个明星，却没有想到只能靠调酒为生。而她，现在应该过得很好吧。”

“如果你还喜欢她，那为什么不联系她呢？”

樊岳抬起头，裴欣欣看到了他已经有些泛红的眼睛，好像他从来没想过再联系她一样。

“等我把客户送走，我们可以喝一杯，再讲讲你的故事。”裴欣欣微笑着说。如今，她已经不再是为自己伤春悲秋的女孩了，她有能力去关怀别人，也希望不只是自己，而是所有在爱情里迷失的人都可以勇敢一点，再勇敢一点。

是啊，要获得一份喜欢，首先要配得上这份喜欢，在遇见那份真爱以前，修炼自己总归是能做的最正确的事情。

毕业后，裴欣欣因为出色的法语能力，做了专业翻译。她依然和学长联络，也依然，和最初说的那样，没有和学长在一起。

学长北大毕业后，去了法国的一家中资企业工作，他问过裴欣欣愿不愿意和他一起去巴黎打拼。裴欣欣没怎么犹豫就拒绝了。

那个越来越耀眼的学长、穿着打扮越来越得体好看的学长、从来都温柔有爱的学长，不管发出多亮的光，站在多高的舞台上，都不是她想要的那个男孩。

这就是爱情最奇怪而别扭的地方。

又过了一年，裴欣欣也来到了巴黎，承接一些巴黎当地的翻译工作。她主持过中法文化节，也接待过时装周时来巴黎看秀的明星团队。

换作以前，她想都不敢想自己可以做这些需要和人打交道的工作。然而如今，她在巴黎有两个工作伙伴，她们这个小小的团队，目标是做成巴黎最好的中法翻译工作室。

异国他乡的生活已经成了习惯，教堂每一小时敲下的钟声，惊动停在屋顶的白鸽；夜晚时分，埃菲尔铁塔会发出繁星般的闪光，和塞纳河游船上的灯火交相呼应；到玛黑区吃新派的法式早午餐，或者干脆随意找处街角的面包店，买烟熏三文鱼的法棍三明治；从香榭丽舍大道的宽阔和热闹，穿到小巷子里韩国大叔开的理发店，再到地铁旁的那家卖马卡龙的 Laduree 店。每天的生活就这样，平实而安稳。

逐渐在巴黎华人翻译圈小有名气的裴欣欣，再也没有当初去纽约时的怯懦和自卑，她怀念那个曾迷失在高楼耸立的纽约城的女孩，可也喜欢现在自信快乐的自己。

她觉得无论过去什么样，都不要丧失现在的勇气，更不要放弃对未来的希冀。

每一个女孩都应如此。

一个再普通不过的周日，裴欣欣正在翻译文件，同事找她。

“来了个大活儿，快收拾一下跟我去出差，据说人家点名要找你。”

裴欣欣没当回事，毕竟自己在圈子里还是混出了些名声的，有人慕名而来也就不算稀奇了。

他们乘坐火车到了波尔多的一个葡萄酒庄，那天阳光甚好，裴欣欣已经许久没有从城市中抽离出来了，光线打在脸上，像是在挑逗，而她一点也不想躲藏。

到达约定好的地方，对方还没有来，同事简单介绍了一下这次工作的背景。对方是一家中资企业，做葡萄酒行业，现在想走访法国十几家酒庄，挑选三家合作，把合作制成的酒卖到中国去。也因此聘请了最专业的翻译，来帮助他们谈判，拿到最优的条件。

同事还没介绍完，就听到身后一个打招呼的声音。

“嗨！”

是熟悉的声音。

裴欣欣的心跳很快，呼吸急促，仿佛这一声“嗨”来自很多年以前。她想起纽约那个下雨天，她非常确认，这个声音，无比熟悉。

裴欣欣甚至还在想象，他一定穿了一身黑色的衣服，左手端着咖啡或红茶，当然也可能是白开水，像偶像剧一样右手拎着那把雨伞，笑着说："终于又见面了，给你买的伞还在我这儿。"

想着想着，她转了身。

面前的这个男人，穿着一身黑色的西服，戴着黑色框的眼镜，伸出了一只手，手腕上戴着昂贵的表，格外显眼。

裴欣欣没忍住，扑哧一声笑了出来，眼眶一下子就红了，能感觉到，下一秒，就会有滚烫的眼泪落下来。

"嗨！"裴欣欣大方地打招呼，"好久不见！"

男人温柔地微笑回答："是啊，自从我到北大读研后，见你就比登天还难，后来听说你也来了巴黎，我找了好大一圈，这才联系上了。"

这个熟悉的声音，来自学长。

裴欣欣的同事一脸惊讶道："都认识啊！那太好了，合作愉快合作愉快！"

男人的随行也赶快接了话，示意大家可以往前走了："苗总，咱们走吧，酒庄的人在等我们了。"

只有裴欣欣，她的笑容还僵在那里。

九

裴欣欣的笑，好像是在回应老天的捉弄，她的眼泪，好像是在承受这份捉弄。

委屈的，无奈的，接受的，渴望的，起的，落的。

毫无疑问，她在转身前，心里想的还是韩子容。

可命运总爱无情地捉弄人，于是当又一次燃起希望却失望之后，裴欣欣告诉自己，释然吧，青春里的那份喜欢啊，就这样尽情地坍塌吧，死亡吧，湮灭吧。

阳光更强烈了，顽皮地在脸上跳来跳去，裴欣欣分不清是光线惹得脸颊刺痒，还是干了的泪痕作祟。

学长说："接下来的日子就承蒙关照了。"

"都是我应该做的。"裴欣欣大方得体地回应。

见到酒庄的人，学长没有说一句法语，而是一直用温热的笑眼看着裴欣欣，让她翻译。

裴欣欣忽然意识到了不对劲，明明他精通法语，却花钱来雇自己做翻译，这明摆着就是想借机靠近。他其实可以用更简单的方式来制造重逢画面的，而现在，把钱砸在她身上，用物质交易的方式来显示自己的强大，多少让她有些不舒服。

“学长，你法语水平比我强太多了，这单生意，我肯定不敢班门弄斧。”裴欣欣想婉拒这次合作。

学长凑上来，离裴欣欣的身体很近很近，用一种极度自信的眼神看着裴欣欣，还把下巴抬高了几度，那意思无非就是经过时间洗礼，他早就不是当年那个苦苦追求裴欣欣的自己了。

“怎么，有生意不做？”

裴欣欣的同事笑着打圆场，夸苗总才华横溢，却也慧眼识珠，她用手挽了挽裴欣欣，缓解有些尴尬的场面。

裴欣欣还是觉得奇怪，她想委托同事来服务学长，完成这项工作。

学长的态度变得严肃又强硬：“接了单子又反悔，传开了，对你不好吧！”

裴欣欣没有说话，直愣愣地站在原地，没有表情。

意识到裴欣欣有些委屈，学长赶快扭转自己的态度。

“是不是我的语气太重，吓到你了？才想起来，念书的时候我对你可温柔了，刚刚是我不好，是我的错。”学长一改严厉的口吻，笑着伸出手，想轻抚裴欣欣的头。

裴欣欣躲开了，牙齿不自觉地咬住嘴唇，她恐惧，她愤懑，可她不知道该怎么办。想到接下来的日子都要和这个人打交道，内心就不自觉烦躁起来，更何况，作为甲方，谁知道他又会提出什么样的过分要求。

裴欣欣还在绞尽脑汁想着要以什么样的方式婉拒学长，忽然看见一个年轻男人从前面的屋里走出来。

“嗨！”

酒庄的人介绍，这个男孩是新来的酿酒师，纽约大学的高才生。

男孩的眼睛像雪花一样明亮，黑黑的短发利落干净，整个人挺拔而精神，笑起来，上排牙齿可以露出至少十颗。

若不是那陌生又熟悉的声音，裴欣欣绝不会相信，眼前的这个早已经洗去文身的男孩，就是一别多年的韩子容。

裴欣欣想过很多种久别重逢的画面，唯独这一幕，是不在预期之内的。更何况上一秒她的心情已经坠入谷底，下一秒，心心念念的男孩就出现在了眼前。

裴欣欣沮丧的心情，忽然被点亮。

“消失了这么久，怎么来巴黎了？”

“对，毕业后就离开了纽约，来法国学酿酒了。”韩子容答。

“女朋友呢？”

“后来我们达成了一致，做回了好朋友。”

原来在一起出入酒吧派对的他们，只是朋友关系，难怪没再看到过他们去巴黎旅行，也没看到他们再到加州晒太阳。

裴欣欣的眼眶没有发红，她扬了扬嘴角，傲娇地说：“你来了法国，为什么没联系我？”

韩子容“挑衅”地回答她：“不是你微博小号上也写了，‘我飞来纽约，但你不必见我’，我学你咯！”

说完，两个人同时笑出了声。

十

原来她努力写的每一条微博，韩子容都看到了。

不知道这是不是正如裴欣欣说过的那句话："只要我保持足够多的真心，我们就能遇见。"

是啊，老天怎么会那么残忍。

时间匆匆掠过，现在的他们，都已经悄然长大，成了更好的自己。韩子容不再去泡酒吧，开始用心酿着自己心爱的酒。

裴欣欣也不再是当初那个给全世界让步的胆怯女孩，她早已经拥有了追求幸福的翅膀，横跨大洲，飞跃大洋，那是她内心向往的地方。

他们在一起了，虽然裴欣欣还是偶尔会吃醋，毕竟当年韩子容在自己面前哭着想另一个女孩，可她心里很明白，此刻的他们，就是最好的他们。

就这样，那些疯狂的暗恋，蠢蠢欲动的告白，按捺不住的想念，都随着这样的结局而画上了句点。

时间改变着他们，同样地，也把他们安全送达下一个人生阶段。

是啊。

如果我们终将重逢，那就不怕生命里的这些等待。

愿所有告别都大方洒脱。

愿所有相遇都恰到好处。

愿所有命运都是最好的安排。

愿，因为喜欢一个人，我们都变成了更好的自己。

I WILL BE BEST AFTER SEVERAL YEARS

经年之后，我已成舟

一

二十岁出头，是人生中最难的时光。

尤其当家里条件没多好时，生活就更难了。

怀里揣着不够多的自信，对未来还有很多欲望和设想，最容易感到无力。

卢烨就是这样的一个女孩，想变得光彩夺目，可低头看看自己，却是一身的灰尘落寞。

卢烨家里就她一个大学生，尽管她知道，自己渺小又普通，可全家人每年吹出去的牛，还是围绕着这个宝贝的她。

卢母早些年去世了，咽喉癌，走的时候遭了不小的罪；卢父在河南老家的一个小工厂里打工，负责给人做木材，流水线上干了大半辈子，每天过得都像同一个日子，一年下来省吃俭用，也存不了几个钱。

卢烨的爷爷有片地，但自己没精力耕种，可尽管如此，他也不肯把使用权交给子女，生怕谁翅膀硬了不听使唤，那种无依无靠的感觉会更深。

于是老爷子占据着一片荒地，整年整年没有收入。

他常念叨着说，他知道，儿女里有人对那片地虎视眈眈，盼着他早点死。

去年他生病，住进了重症监护室，只有微弱的生命体征，家里的姑姑和伯伯正在大动干戈地吵架——伯伯主张放弃，说老爷子到了该老死病逝的阶段；可姑姑舍不得，哭死哭活地哀求医生给救回来，哪怕只有呼吸，也想让老爷子喘着气活着。

为此，他们两家在医院里就闹掰了。

在这场争论中，卢父一直在病房角落沉默着，一言不发。作为家里的老三，他早就习惯了服从于精明的哥哥和强势的姐姐，每每他们争吵，卢父就会躲起来，以保证自己不被牵连。

从医院出来后，卢烨问父亲，为什么不劝一劝姑姑和伯伯。

卢父说："别人都过得比咱们好，能出钱或者能出力，咱们没资格提意见，干脆别吭声，别碍事。"

"别吭声，别碍事"，卢烨从小就听着这六个字长大。

在父亲的定义里，他们两人注定就是配角，要过平淡的一生。也正是这些观念，让卢烨时刻都活得卑微又小心翼翼。

后来卢烨的爷爷奇迹般地挺了过来，像一场暴风雨后固执地不肯折断的树一样，硬是撑住了。

姑姑将医院的争执一字不落地告知了卢烨的爷爷，自然而然，爷爷和伯伯家一刀两断，不相往来。而姑姑因为告密，被伯伯一家狠狠地骂了一顿，伯伯还趁夜里无人防备，拿菜刀砍花了姑姑家的防盗门，姑姑家的楼道里，贴满了伯伯对她谩骂的肮脏字眼。

卢烨就是在这样混乱、无聊、充满低级斗争的家庭环境里长大的。她知道，只有像父亲一样学会隐藏和退让，才能少给自己惹些麻烦。

可随着慢慢长大，卢烨心里越来越不认可这样的生存法则，就像一个常年依赖于阴影庇佑的人，某一天，也会想要走出来，亲手触碰阳光。

卢烨考上二本大学的那天，她觉得全世界都明亮了，那种感觉仿佛是臭水沟里的一条鱼，终于挣扎着把头探出水面，暂且呼吸到了一口外面的新鲜空气。

她心里想着，考上了大学，是不是就能去大城市过完全不一样的生活？

这简直是一场完美的逃离。

卢烨在南京认识的第一个朋友，不是她的大学同学，而是报到日当天，和她搭乘同一列火车去往南京念书的樊岳。

在洛阳车站上车的时候，他们就互相注意到，那个男孩和卢烨的穿着打扮没什么两样，一致的朴素，或许小县城里的人，都有着不用言说的默契。

他上身是一件浅黄的纯色 T 恤衫，不知道是因为年头久了有些发旧而变黄，还是本身的颜色就是如此。T 恤衫平整得没有一个褶，完好地扎在了一条浅蓝色的牛仔裤里，一双白色的运动鞋，一个黑色的双肩包，再搭配上他阳光又温暖的笑容，可以看出他是那种无公害的来自乡下小城的十八岁男孩。

尽管一路上卢烨偷瞄了他好几眼，但她又自卑，又羞涩，也没敢搭上几句话。只是没想到，抵达南京站时，两个人又同时准备拿行李下车，这绝对算是一种奇妙缘分了。

是樊岳先开口打招呼，他说，人生地不熟的，不如结伴同行。卢烨又紧张又震惊，没想到这个男孩会主动跟她说话。男孩说他要去南京大学，而卢烨的二本学校离南大也不远，刚好他们可以顺路一起过去。

从南京站出来，上前搭讪的都是想坑钱的黑车司机，不敢轻易相信，可又暂时弄不明白转乘地铁是怎么一回事，两个人索性找了家车站附近的兰州牛肉拉面馆，打算坐下来吃顿饭再说。

饿了一路，一大碗飘着葱花和油花的牛肉面端上来，放在桌上的瞬间，半筋半肉的牛腩微微颤动，卢烨不自觉地咽了咽口水。

“你先。”樊岳把面推到了卢烨面前，拿了个汤勺，又从筷桶里抽出两根旧得无光的筷子。

等待第二碗一模一样的拉面时，卢烨不好意思先吃，于是只是拿起勺，想先舀一勺汤解解馋，没想到烫口的牛肉汤淌过舌尖，从喉头滚下去，胃随即就被唤醒。

就这一勺汤，卢烨回味起来，唇齿留香，她心里只有一个想法：这就是大城市的味道!

樊岳说，郑州有好多家拉面馆，各式各样的：日式和风拉面，韩国泡菜拉面，西安油泼面，北京炸酱面，广式车仔面，重庆麻辣小面……

他形容起来的样子，仿佛自己是真的见过大世面的，卢烨怔怔地望着滔滔不绝的樊岳，眼神里净是向往。

描绘这些面馆的时候，他流利得没有一点停顿，只是当说完了最后一句“有机会我带你在南京吃”之后，他沉默了。

意识到刚见面，这样的热情和熟络多少有些不合适，樊岳补充着说，两人是老乡，在外求学不易，彼此之间要互相关照。

说这句话时，他憨憨地笑了笑，露出了一排整齐的牙齿，在有些黝黑的皮肤的映衬下，洁白得像月光。

之所以说是老乡，是因为樊岳的老家和卢烨家离得很近，都是河南洛阳下面的县城。只不过因为樊岳的中考成绩好，早早就被招到郑州念省重点高中去了。

高考放榜，他考到了南京大学，是他们那个县城八年来高考成绩最好的。

与卢烨不同，樊岳不觉得自己很普通，相反，他身上仿佛带着来自省会城市的骄傲，坚信自己能在南京闯出一片天地。

卢烨很喜欢他身上与众不同的笃定感，仿佛所有的问题，他都能找到答案。

吃完这顿拉面后，樊岳结了账，以下次卢烨请客的由头，约好了等安顿下来后，两个人再出来见面。

拉面馆是车站附近一家破旧旅店的底商，楼上的旅店也是拉面馆老板娘的生意，她一边找着零钱，一边问两个人要不要到旅店里休息一下，可以按钟点收费。

卢烨和樊岳同时说了“不”，那时的他们，并没有理解老板娘话里的意思。

两人拎着大包小包的行李走出来时，下午五点钟的阳光已经没那么强烈了，不远处的天分了好几层颜色，深蓝，浅蓝，鱼肚白。

两人看着地图，询问路人，终于坐着公交到了鼓楼公园站。樊岳说再往前走就到卢烨的学校了，南京大学就在反方向的不远处，两人刚好就此分别。

道别过后，两个人就各自朝相反方向走去，只是卢烨会悄悄地、偷偷地回头看看樊岳的身影。他挺直的背影逐渐消失在来来往往的人影里，就像水融入大海之中，再也不见。

第一次从县城来到城市，站在路边的卢烨甚至觉得此刻人潮汹涌。

每个人的表情各不相同，有自信洋溢的，也有沉闷不乐的，她知道，这座城市太过庞大，任何人的任何一种情绪，都不会被记住。

当然，也包括她自己。似乎这个地方，并不属于她，这座城市，也未曾向她展开怀抱。

人来人往里，卢烨又想习惯性地躲起来。

她一边怀念着那个破落却充满安全感的县城，一边厌恶着那个让她渺小又普通的出生地。

她曾笃定地认为，自己身上这些自卑、胆怯、懦弱，全部来源于生她育她的那个小县城。

且那是唯一的来源。

我们都曾懊恼过自己的原生背景，倒不至于憎恶，只是觉得毫不费力就能轻松获得我们想要的生活的那些人，的确有些令人羡慕。而生来就平凡又普通的自己，要很辛苦地奔跑，才能赢得心理上的一些小小慰藉。

这的确不公平。

没有想要不劳而获，也没想要一劳永逸，只是太辛苦地拼搏，的确有些心酸。

想到这里，一阵绵长刺耳的汽车鸣笛声传来，她深呼吸一口气，知道属于自己的生活开始了。

那一定是无比新奇的。

也一定会很艰难。

二

都说在大学里，要尽快找到一个和自己契合的朋友，而这个人，大概率是睡在自己上铺的室友。

可卢烨的上铺室友，却是一个和她完完全全不一样的女孩。

卢烨推开228的门，就看见一个女孩在书桌前照着镜子贴假睫毛。她听到动静，站起身来迎接她，俏丽的笑容，洁白的肤色，洋气的头发，让卢烨一时无地自容，不敢直视她。

“我叫黄丽丽，白羊座，爱吃辣，幸运的颜色是黄色，你呢？”

卢烨说不出话来，呆呆地盯着宿舍。她忽然发现这个宿舍只有一张上下铺，这意味着，这个房间从此只有她们两个人。

大概是看出了卢烨的困惑，黄丽丽不在意地说：“我让我爸爸跟学校说了一下，专门弄了一个双人间，刚好就分配到你，变成我室友啦。”她的语气好像是在说今天天气很晴朗那般自然。

卢烨知道，这应该是个与她完全不同的女孩，有钱、自信、大方。

卢烨问过她为什么不干脆自己住。

“我怕无聊，得留个人陪我说话。”这个从小被富养的女孩，做事的理由总是如此随性。

是有些讶异的，也会很有压力，可卢烨的这一切不适，都在黄丽丽把她当作亲姐妹后渐渐消失——

会把多一份的防虫球丢到她的衣柜里。

会在点奶茶外卖时多选一杯，并且备注“加双倍芋泥”。

会一边夸着她皮肤好，一边往她脸上敷一片海蓝之谜的面膜。

会提醒她手机不要在夜里充电，钱包不要随手放在裤兜里，冬天不要穿露脚踝的短袜，湿着的头发不能过夜，早上起来最好先空腹喝一杯柠檬温开水。

卢烨想过很多种方式回报她，可每次捏着藏在行李箱里不好意思拿出来的土特产时，还是觉得，黄丽丽一定不会喜欢这些土特产。

它们廉价，毫无营养，包装简陋，根本拿不出手。

想到这儿，她又开始烦恼，要是和黄丽丽一样就好了。

那样会快乐很多吧?

刚开学事情多，卢烨的课程排得也很满，她报名参加了学生会，连周末都被学长学姐喊去帮忙做一些打下手的工作。

等到突然想起那个一同搭乘火车的男孩的时候，天气已经有些转凉了。

当初分别时，只是知道彼此的学校和专业，连个电话都没留下。现在好了，要在比自己学校大三倍还要多的南京大学里找一个男孩，如同大海捞针。

更何况自己的性格又是那么内向，想到要去偌大的南京大学里，挨个找陌生人询问，卢烨的眉头就皱到了一起。

“小意思，我帮你搞定。”

每次黄丽丽都是一副天使模样，所有卢烨不会做的，做不成的，哪怕是很奢侈的心愿，黄丽丽都会帮她完成。

她就是这样的一个人，热情敞亮，浑身散发着魅力。卢烨并不知道黄丽丽的朋友有多少，总之她手眼通天般地弄到了樊岳的电话。

或许又是花了钱。

见樊岳的那天，卢烨穿了一条花裙子，脚上踩了一双时髦又简约的凉鞋，毫无疑问，这些都是黄丽丽的。

脱掉穿习惯了的球鞋、运动衣，卢烨还是有些不自在，她总觉得，现在这副皮囊是黄丽丽的，而不是她自己。

他们约在了一个意大利餐厅，地方是樊岳选的，他说这里有全南京最好吃的意大利面。卢烨偷偷地在点评网上搜了搜这家餐厅，说实话，看到人均五百的价格，她有些被吓到，毕竟上次初见时，他们约定等安顿下来后，是卢烨请客吃饭。

可这一切顾虑都在黄丽丽的一句“有我在”之后烟消云散，送卢烨出门的时候，黄丽丽的双手插在裤子口袋里，用左肩推了推并排而行的卢烨，告诉她，如果爱，就要不顾一切代价。

那个傍晚，卢烨记得很清楚，天边烧起了粉粉的云，薄薄的，一片一片，像拉扯着吃的粉色棉花糖。早秋傍晚六点钟的天气有轻微的凉爽，校园里来来往往的人，有各自要去的地方。

在校门口见到早已在等候的樊岳时，卢烨几乎已经认不出他来。

那个穿着旧 T 恤的男孩，此刻正穿着一条亮黑色的皮裤，一件薄如纱的白衬衣下，他的身材显得有些神秘和性感。很明显，他特意为这次约会去理发店做过造型，大背头上还抹上发油，隔着一米半的距离，就能闻到他身上的香水味。

项链，戒指，假耳钉，一个都不差。

俨然一副出道偶像的模样。

卢烨看着眼前这个闪闪发光的男孩，却怎么也开心不起来，她宁愿眼前出现的樊岳，只是穿着一件整齐熨帖的 T 恤衫，一条普通到不能再普通的牛仔裤，甚至有些发暗发旧都行，它不用散发出高级香水的味道，哪怕是洗衣粉微弱的香味也行——这样，她才有资格站在他的身边。

她知道，都是心里那个自卑、怯懦、胆小的自己在作祟。

只要一靠近那些不在一个世界的人，就会产生本能的抗拒和对自我的否定。

尤其是当面对自己喜欢的人时，这种不安感就更加强烈了——

如果自己没有那么好，就希望对方也能藏在尘埃里，绝不要什么耀眼的明媚，不要大风大浪，不要为了遇见你花光了所有的运气，要的只是对方给一份不会被任何人抢走的安全感，仅此就好。

眼前的这个男孩发着光，卢烨心里只会反复响着一句话：我配不上。

“冷不冷？”这是樊岳先开口说的第一句话。

虽然没有盯着卢烨说真漂亮，可也表达出了自己对卢烨穿了一身好看裙子的留意，用一种老朋友见面似的问候，打破了陌生和尴尬。

这就是樊岳的情商。

卢烨踩着穿不习惯的凉鞋，手里时不时提一提这条不属于自己的裙子，她知道，此刻的她，又别扭，又紧张，又失落，又难堪，像是一场编织过的脆弱谎言，时刻可能被拆穿。

而眼前的这个男孩，什么都好。

坦白说，精心打扮过的樊岳确实帅到迷人，高挺的个子，周正的五官，头发撩上去露出窄窄的额头，是走在人潮里也会被注意到的那种。

他一定在南京大学过得风生水起，毕竟聪明的他从小就是那种不用很费力就可以考很好的人，性格讨喜，温柔体贴，不说是校草级别的风云人物，也绝对是众人追捧的对象了。

这种人，就像是遥不可及的梦，最好不要出现在生活里，因为往后遇到的每一个人，都会不如他。

这真是最糟糕的事情了。

樊岳依然如当初一样懂礼貌，甚至变得更绅士了，言行举止都仿佛是经过了一整套精准的礼仪训练。

“跟第一次见到的我不一样了吧。”樊岳的口吻还是那么自信。

“比上次帅很多。”

“我去学校的第一天，就被一位学长相中，推荐到一家模特公司去做兼职了。没什么课的时候，就去拍拍片赚点外快。有时候是给服装品牌拍片，有时候是给杂志。”

提起他合作过哪些大牌明星的时候，樊岳的眼里是发着光的，隔着一张餐桌的距离，都能感受到他的骄傲与向往。

他一定想过那种炽热的人生吧。

卢烨提醒了一下樊岳，他只顾着聊天，盘里的意大利面还没怎么吃。

樊岳说，现在需要控制饮食，面食类的主食，很少吃了。

而此刻卢烨的嘴里还塞着一大口肉酱意面，她顿了顿，没怎么咀嚼，就狼狈地快速咽下去了。放下手里的餐叉时，餐叉碰到了已经见底的餐盘，发出清脆的声响。

看着自己盘里所剩无几的意面，卢烨的脸上火辣辣的，像是被无数只蜜蜂蜇过一样。

她知道，或许从这一刻开始，他们就已经过上了截然不同的人生。

三

对樊岳的慷慨请客，卢烨表达了感谢，她婉拒了樊岳要送她回去的好意，坚持要自己走回学校。

樊岳就站在原地，用坚定又不舍的眼神盯着卢烨看，直到她不好意思地瞥过眼神去。

他的眼睛微微向前探了探，灵动得像滚在叶片上的露水。

“让我送你吧？”

卢烨低着头，捏了捏裙子，这才是第二次见面，樊岳怎么可能就喜欢上自己呢？

想到这儿，卢烨轻轻地晃了晃头，她知道“喜欢”这两个字，是不自觉爬上心头的，眼前这个男孩，就是自己不管怎样都会关联上“喜欢”两个字的人。

“没事，不早了，不要麻烦你再跑了。”卢烨拒绝着这份不属于她的幸福。

樊岳的眼皮低了下去，有明显的失落。皎白的月光透过他头顶的枝丫，碎碎地落在他的脸上，像跳舞的精灵。一阵风吹过，枝丫晃动，樊岳脸上的月光就跟着晃动。

“那什么时候可以再出来吃饭？”他又一扫失落，充满小兴奋地问。

卢烨犹豫了一会儿，还是没能说出心里的那句“什么时候都可以”。

毕竟眼前的男孩发着光，而自己只是一个普通到不能再普通的女孩。

她根本没什么复杂心机，也不懂什么恋爱套路，只是没有谈过恋爱的她，根本不懂如何跟男孩交流，那种你来我往的试探，那种彼此心知肚明的暧昧，卢烨从来没有体验过。她只知道如果幸福来得太快，就会是一场巨大的梦。

在她的认知里，如果幸福有一天会离去，那最好起初就不要光临。

不确定的爱莫要，需要费力实现的梦莫做，不期而遇的惊喜莫盼，苦莫吃，想念莫承受，当个不起眼的傻瓜就好。

其实，她无非就是觉得自己不配，在陷入幸福以前，她就做好了一定会受伤的打算，于是干脆躲得远远的，不要给自己任何沉迷的机会。

“别吭声，别碍事，做个配角。”卢烨又想到了父亲的话。

正在想如何回答的时候，一个身影从不远处走来。

是一位星探，很客气地说看到樊岳的外形条件很好，有一部网络剧最近在找合适的男演员，不知是否方便聊一下。

他就是这样光彩夺目。

他一定会被越来越多的人发现。

他会忙起来，他的世界会越来越大。

趁着星探和樊岳说话的时候，卢烨说了声“不打扰你们了”，就先行道了别。

离去的那一刻，她心里的巨石终于落了下去，卢烨快速地吸了吸夜晚微凉的空气，又大口地吐了出去，这才把刚刚的压力都排遣出去。

原来喜欢一个人和讨厌一个人一样，都会引起过度的情绪反应。

卢烨沿着墙根慢慢地走。一排高大挺拔的树，沉默中，理解着卢烨的难过。

回到学校的卢烨，在日记本上写下“明日计划”四个大字，立志开始做一个努力上进的大学生。

黄丽丽笑她三分钟热度，明明就是心里想念樊岳，还偏拿努力来做挡箭牌，试图转移自己的注意力。

“喜欢就去追，不丢人的。”黄丽丽手一挥，不用说就知道，她又想像个女英雄一样，给卢烨一张万能心愿卡。

然而卢烨心里重复最多次的两个字，就是“算了”。

如果错过了遇见的最好时机，那就算了。

如果我喜欢的你变成了别的样子，那就算了。

如果身处在两个完全不同的世界，那就算了。

如果因为喜欢而变得更累更难过，那就算了。

日子回归平静，他们就像不再相遇的平行线一样，从彼此的生活里消失了。

黄丽丽知趣地不再开樊岳的玩笑，甚至绝口不提，用她的话来说，那个男生没什么值得喜欢的。

只有极少数时候，卢烨会在网络上看到樊岳，从他的照片来看，他还是喜欢湿发的造型，露出的上半身身材，很明显，线条又比以前要好了。

卢烨明白，樊岳绝对是比自己幸运的那个人，初中毕业，就被郑州的省重点高中选走，靠着更好的教育条件，和生下来就让人羡慕的智商和情商，没有费什么力气，就考到了南京大学，他有资格去选择过什么样的生活。

卢烨对自我的厌恶，连同她的自卑和怯懦，在此刻酿成最深的颜色。

他们曾一起从洛阳站坐车，彼此的座位虽然相近，但抵达南京的那一刻，两个人的人生际遇就朝着完全不同的方向呼啸而去。

将近两个月没有联系，卢烨把自己隔离起来，每天泡在图书馆，如果没课，她就会在安静的自习室里学到闭馆，周末也不休息。

是的，樊岳的事情，确确实实激发了卢烨的上进心。她知道，对于她这种从县城来的普通女孩而言，没有可以当模特的容貌和身材，更没有富裕的家境可以依靠，唯一能牢牢握紧的，只有眼下的每一天。

而唯有把眼下的每一天都过得脚踏实地，才可能拥有仰望星空的资格。

再听到黄丽丽嘴上提到樊岳的名字，是说他挂科的消息。

大二上学期，樊岳挂了四科，辅导员愤怒地去他的宿舍找他，想让他端正学习态度，悬崖勒马。没想到室友说，缺课已久的樊岳，早就不在宿舍住了。

校方很快就通知了他的家人，可家人那边干着急，樊岳却无动于衷，甚至拒绝沟通。

他像着了魔一样，疯狂地如飞蛾般扑火。

在他眼里，只有聚光灯和收入才能带给他快乐。

仔细打听下去才知道，这一年里，他接的工作种类更多了：剧组的边缘角色，恋爱节目里的男嘉宾，走秀模特，婚纱店宣传照的模特，视频广告中孩子爸爸的扮演者。

他发了疯一样，抓住每个抛头露面的机会，想要大红大紫。

卢烨想过到南大找他，告诉他无论如何学业不能放弃，可想到自己只是一个普通二本学校的学生，有什么资格去告诫一个各方面都比自己强的高才生呢?

忍住心里的冲动，卢烨继续过着自己平淡的生活。

生活里没什么大风大浪，她基本上没有缺席过任何一堂课，她丝毫不觉得在这里学不到知识，反而觉得不管在哪儿，只要遵守那个地方的规则，就能在那个地方的赛道上跑赢。

已经将近三个月没有联系了，卢烨每天泡在图书馆，泡健身房，还报了线上英语兴趣班，每个月逼着自己读完一本书。

即便有时候并不知道努力的意义在哪儿，即便现实也根本不会随着努力而发生什么大的改变，但她一直和自己说："只要坚持不断地做正确的事，就会得到好结果。"

大二结束时，卢烨已经是全系成绩数一数二的学生了，辅导员说这几年来他都没见过像卢烨这样努力用功的学生。

她不再是那个走路喜欢低着头，见到人不敢开口说话，总是有种自卑感的县城女孩。相反，她瘦瘦的身体练出了很好看的马甲线，认识了好几个不同国家的留学生朋友，完全不惧台上的演讲和台下的分享。

在那年的新生开学典礼上，作为优秀学生的代表，卢烨被邀请做了一篇名为《咸鱼》的演讲分享，站在主席台上，她自信地说：

“很多人把我们看作一条咸鱼，可怕的是，更多时候，我们自己都认定了自己是一条咸鱼。没有好的家庭背景，所以普通是天生的；没有好的外表条件，所以索性随便吃吃喝喝；都已经是现在的模样了，梦想就别再提了……

“这一次次的放任，其实都是我们亲手在放弃自己。

“我曾无比反感我的出身，我来自河南洛阳一个小到没有谁知道的县城，带着自卑和与生俱来的认命感，我觉得自己本来就不配拥有什么大的梦想，希望这两个字，在我的世界里，只用过寥寥几次。大多数时候，还是许下诸如‘希望考试通过’和‘希望爸爸身体健康’这样无关痛痒的愿望。

“可当我一次次在健身房练到抽筋以后，我发现，我的马甲线慢慢出来了；

“当我一天天上课外英语课的时候，我发现，别人高中就弄明白的语法套路，现在我也终于会了；

“当我认真读完一本书以后，我发现，我和任何人一样，都拥有变好的权利，也有绝对的可能性。

“有些付出，原来是可以看到回报的。

“我最喜欢的作家说过一句话，‘千万不要停下脚步，否则世界就会忘了你’，我情愿相信努力迟早会见效，也不让自己一直沉沦堕落。

“你是不是一条咸鱼，得看你愿不愿意为自己翻一次身，如果你想拼命挣扎，就没人能左右你的人生。”

慷慨激昂的演讲完毕，背景音乐响起，卢烨深深地鞠了一躬。

而场下，只响起了稀稀拉拉的掌声，听众们低着头，玩手机或者睡觉，少有人被卢烨的这番演讲打动。

在这所学校里，太多人愿意承认自己的平庸，而不敢去提及梦想这类字眼，因为他们觉得自己不配。可事实上，翻身的咸鱼，仅仅是因为它们选择了翻身。耀眼与否，前途如何，决定权都只掌握在每个人自己手中。

卢烨叹了口气，抬了抬眼皮，她知道，人都难以听进去别人的故事，毕竟自己的人生能过成什么德行，只有自己最清楚。

就像忙着飞蛾扑火的樊岳，根本不会理会任何人的劝说。

四

快要放暑假了。

一个夜晚，黄丽丽喝得大醉回到宿舍，大声地放着音乐，拉着卢烨的手要和她一起跳舞。

卢烨放下手里的书，把黄丽丽扶到床上，又给她湿敷了热毛巾，想去去她的酒气。

酒精作用下，黄丽丽的力气变得很大，她一把拽倒了卢烨，把她按在床上，然后整个人爬到了卢烨的身上。

卢烨大喊了一句，但手脚都被黄丽丽压得死死的。

黄丽丽把右手伸出来，捏住卢烨的脸，左右摇摆几下，又仔细打量了一番。

“你有什么了不起？”

听到这几个字时，卢烨的脸瞬间就红了，她不知道是不是用功泡图书馆的自己让黄丽丽觉得孤单了，也可能是偶尔念叨黄丽丽要好好复习功课，让她感到不舒服了。

“我没有。”卢烨想开口解释，却只说出了这几个字。

黄丽丽一翻身，随即就躺在了卢烨的身边，露出了灿烂的笑容，仿佛刚刚只是在和她开一场玩笑。

她的笑在醉酒状态下，更明媚迷人了，接着她凑近卢烨的怀里，小声俏皮地问：“你觉得自己漂亮吗？”

说这句话的时候，黄丽丽抿着嘴笑，像是好奇着一个答案。

卢烨的脸更红了，一边说着“酒鬼”，一边试图推开黄丽丽。

黄丽丽不肯动，她就躺在卢烨的身旁。

“卢烨。”黄丽丽看着卢烨的眼神。

“嗯？”

“你觉得我和你，谁更漂亮？”黄丽丽问。

这句话的杀伤力，远超过那句“你有什么了不起”，她简直是在逼着卢烨亲口承认“我不如你”这四个字。

如果这句话可以理解成无心之问，那黄丽丽接下来的一句话，就难以找到合理的解释了。

她问：“喜欢你的樊岳，会不会也喜欢上我？”

卢烨沉默了。

她怎么会问出这样的问题？卢烨曾经向黄丽丽分享过自己心中的白月光，就算现在她们不再像曾经那般亲密无间，可她怎么能拿卢烨心中的那份遗憾开玩笑？

黄丽丽不知道是不是喝醉了，继续说：“他是丑小鸭，所以才会喜欢你这只丑小鸭，但是丑小鸭会有一天想成为白天鹅吗？”

卢烨突然感到喉咙发紧，她只当黄丽丽喝多了说胡话，她轻拍着安慰她，之后拉灭了宿舍的灯。

没多久，黄丽丽就在酒精的作用下沉沉地睡过去了。

宿舍的窗子开着，月朗星稀，女孩子之间的嫉妒心和攀比心，在这个夜晚自然地、公开地、不可避免地袒露出来。

第二天，卢烨为了避免尴尬，早早就收拾好书包去了图书馆。

接下来的几天，她们也没再说话。卢烨努力回避着黄丽丽，黄丽丽也识趣地经常外出，尽量减少两个人的直接接触。

直到一周后的某天，卢烨正在图书馆刷着难搞的新闻学概论，休息间隙，她拿出手机刷小红书，想放松一下。

巧的是在首页推荐的第一条里，就有樊岳的照片。

点开他的账号，那个熟悉又陌生的人涌入眼帘。他的每一句文案，都那么炙热。

他有悲伤的时候，发出暗黑色系的照片；他也有快乐的时候，露出那一排整齐好看的牙齿，在高档餐厅吃着明媚的早午餐。他还发过很多家花店、书店、酒吧、餐吧的照片。

但无论哪一家，卢烨都未曾光顾过。无论什么时候，也都与卢烨无关。

她点进去他的关注，想窥探一下他的世界，以为他的世界应该是完全不同的样子吧。

果然，既有有名气的博主、性感的模特，还有一些穿着奢侈的杂志编辑，这些都在预料之内。

只有一位，不在预料中。

是那个自己朝夕相处两年之久的室友。

他们竟然互相关注了，可黄丽丽从没提过她认识樊岳。

她忽然想起黄丽丽在醉酒时的那一句："喜欢你的樊岳，会不会也喜欢上我？"

她不相信这只是巧合，她的心底似乎有一个答案已经呼之欲出，卢烨本能地拿出来两个账号做对比，他们吃过一样的食物，逛过同一家唱片店，定位过同一个酒吧，还戴过同一款项链。

图书馆外晴空万里，可此刻卢烨的心里电闪雷鸣，狂风呼啸。

卢烨快速地呼吸着，努力平复自己的心情，她的喉咙以下，像被巨大的食物堵住了，反胃的感觉一股股向上翻涌，需要不停地吞咽口水，才能把那股恶心的感觉压制住。

真令人作呕。

其实她们之间的矛盾，早已很深。

卢烨知道，黄丽丽毕业以后是不用操心出路的，她不必绞尽脑汁地刷绩点、找实习、跑面试，就能留在大城市。

因为，她本就生在大城市。

她们从根上就不是一路人，在卢烨不知疲惫、早出晚归地学习时，黄丽丽不是在和新认识的朋友聚会，就是坐在桌子前精心打扮，准备去奔赴下一场派对。

在黄丽丽眼里，卢烨就像一个小宠物，乖巧听话，她以为自己全心全意地对卢烨好，就能永久地留住她，再也不会孤独。可她不明白，人不是动物，人不会甘心只做别人的附庸，人有自尊心。

搬离 228 宿舍的那天，卢烨的心底没有太多的波动，仿佛她知道这一天迟早会到来。

她把宿舍收拾了一番，宿舍的模样就如同报到那天一样，这两年的时间好像从未来过，也从未走过。

黄丽丽送的礼物，大部分都被卢烨物归原主了，她把衣柜里的一颗颗防虫球捡起来，仔细地装进一个信封里。信封放在黄丽丽的桌边，上面除了写着“谢谢”两个字以外，再没有别的多余的话。

连声告别都没有说，她就关上了228宿舍的门。

青春时期，每个人都一定遇到过一个和自己天赋秉性完全不同的朋友，起初可能会喜欢对方身上那来自另一个世界的气质，这个人有全新的思想和性格，填补了自己认知的空缺。

但随着慢慢长大，你终会发现，旗鼓相当的朋友才能留下，不合适的只会形同陌路。

五

有时候，友情像极了爱情。两个本是不同世界的人，一开始因为无数个简单的理由而选择相依相伴，分享过最开心的消息，交换过最隐秘的心事，见证过彼此的狼狈，都以为会天长地久。

但世界上哪有那么多天长地久。

她们不同的出身和背景，迟早会成为横亘在两人之间的隐形天堑，它们一直都存在，只是她们都侥幸地以为这一次能忍，下一次也能忍。可当矛盾彻底爆发时，才会真正明白，每一次的容忍都早在心底刻下无数伤痕。

卢烨没有去找黄丽丽问个清楚，她也没联系樊岳。

她只是每天过好自己的普通生活，并重复着那个理念：只要坚持不断地做正确的事，就会得到好结果。

大三要结束时，卢烨拿到了一等奖学金，还提前收到了好几家大企业的入职邀请书，它们当中有南京当地数一数二的公司，也有上海的知名企业。

那一年里卢烨收获了很多好消息，可那一年，也同样发生了很多不好的事。

卢烨的爷爷去世了，大伯和姑姑因为分遗产，闹得不可开交，在法庭上用脏字互相谩骂，姑姑诅咒大伯不得好死，大伯败诉后，连夜找了人砸烂了姑姑经营的小门店。

卢父在工厂打工时被路边跑来的野狗咬伤，打了五针狂犬疫苗，观察的一个月里，他的身体并没什么异常情况，可镇里的人说那只野狗后来狂犬病发了，死在了河沟里，所以工厂以此为由辞退了父亲。

父亲有些难以接受。他在工厂里按时按点地工作了一辈子，突然变得无所事事，整日瘫在家里，精神恍惚，不停地和卢烨说，他现在是狂犬病潜伏期，早晚会发作。

那年卢烨常回河南老家看望父亲，在那列熟悉的火车上，她没再看到过樊岳。

事实上，她也不可能在洛阳或者南京再遇到樊岳，因为他去了北京——

樊岳退学的事情在老家闹得沸沸扬扬，樊家的说法是孩子有了更好的发展，所以才去的北京。而乡亲们在背后议论，说樊岳的学校早就发了通告，说他挂科五门并拒绝重修，且在宿舍殴打辅导员，因此学校决定予以退学处分。

樊母为此和那些议论的女人大打出手，骂她们是长舌妇，见不得别人好。樊父整日抽烟喝酒，有日喝多了，竟然打死了家里养的一只猫。

卢烨打开樊岳的小红书账号，再也没有看到他更新过，仿佛去北京只是一个借口，他消失了。

跟着一起消失的，还有黄丽丽，学校里没人知道她的影踪，那个空了的 228 宿舍，被学校暂时封闭起来，没有再留给新生使用。

那些日子，卢烨总是喜欢一个人绕着操场跑步，跑到虚脱时就会想，为什么生活会突然发展成这样。

她偶尔会想起樊岳。初见时眉眼清朗的男孩，至今还停留在她的记忆里；还有很多时候，她会想起黄丽丽，那个曾以为会是一辈子姐妹的人。

好像人越长大，面对的残酷真相就越多，需要解决的问题就越难，以前的没心没肺和无忧无虑，如今都变成了处心积虑和小心翼翼。

人生总是这样，当你好不容易过得有点起色，拥有了站起来打理自己生活的能力时，就会被泼来一盆冷水，告诉你人永远也打败不了生活。

而最难的是，还必须要和生活继续死磕。

卢烨一边写毕业论文，一边在南京找合适的房子，她打算把父亲接过来照顾，留他一个人在老家，还是放心不下。

她接受了当地最大的报社集团的工作邀请，提前签了劳动合约，毕业了就可以去报社工作。虽然工资并不多，但至少是一份可靠安稳的工作，可以帮她渡过目前手忙脚乱的生活。

然而卢烨心里明白，她早晚要去北京闯一闯。

六

顺利通过答辩的卢烨，找好了心仪的房子，把卢父接来南京后，他的情绪稳定多了，也不再嚷嚷着自己的狂犬病会发作。

这些日子，她正在专心写一篇新闻稿，叫《我和姐姐》——几年前一个聋哑男孩用一口铁锅袭击姐夫的故事。适逢这个聋哑男孩刑满出狱。为此，她在南京城里东奔西走，翻阅当年的卷宗档案，还原故事的来龙去脉。这篇新闻稿，戳中了许多人内心柔软的部分，一个懦弱男孩为了自己的姐姐可以如此勇敢无畏。

稿件在报纸上刊登后，引起了很大的反响，卢烨很快成为当地小有名气的新闻记者，同行惊叹于她小小年纪，却拥有优秀记者必备的素养——为调查真相而充满勇气。因此，她得到了社里领导的赏识。

卢烨觉得，好像离自己去北京奋斗的目标，更近了一步。

卢烨生日那天，卢父正在厨房准备生日大餐，油锅发出噼里啪啦的声音，高压锅也一直“滋滋”作响，就在这阵混乱声中，卢烨的手机铃声响了。

号码显示归属地是北京。那一瞬卢烨有一点茫然，她不记得自己给北京的公司投递过简历。

她只认识一个在北京的人。

说不清楚内心的感觉，是期待，还是抵触。

电话接通了。

长长的沉默后，樊岳开口了。

他先是说得很慢，接着语速加快起来，和卢烨讲了自己这四年来的故事。原来那些传闻都是真的，他真的挂了五门课，殴打辅导员，去了北京。

卢烨不知道怎么回应，只好听着樊岳一点点倾诉着。

“现在网上都是粉丝在发帖，抵制我，说我不配出现在社交媒体上。

“我在南京签约的经纪公司也和我闹解约，扣了以前的一大笔钱，说看我可怜，才不收取违约金了。”

卢烨能听到电话那端打火机开火的声音。

“再后来南京留不下了，我就来了北京，现在在一家酒吧做调酒师。”

卢烨听见他吸了一口烟，又慢慢吐出去。她一直沉默着，电话那端的樊岳意识到卢烨似乎并不感兴趣，于是开始问起对方的近况。

卢烨不知道要怎么说，倒不是不知道要说什么，只是太久没联系，心里早就忘记的人突然出现，一时间不知道要如何面对。

厨房里传来卢父被辣椒呛得直咳嗽的声音，还有他小声抱怨着家里的抽油烟机可真不好用的声音。

“我挺好的，在报社工作了，还把我爸接来了南京。”

电话那头的樊岳又沉默了，卢烨确信不是信号的问题，因为她可以清楚地听到，樊岳吸一口烟，又吐出去一口烟的声音。

“大二的时候，我去你们学校找过你几次，每次你都在图书馆看书。”

卢烨轻轻地笑了一声，说：“都是过去的事了。”

“卢烨。”樊岳轻轻唤了声她的名字。

这时候卢父推开厨房门，用老家的方言骂骂咧咧地抱怨着菜烧煳了。

电话那端的樊岳说：“我喜欢你！”

卢烨拿着电话赶快躲到卧室的窗边，生怕父亲听到。她说：“你疯了吗？”

“从见到你的第一眼，我就心动了，说不出来为什么，只是清楚地知道那一天的心情很好，并且还想再见到你。”

卢烨闭上了眼睛，没有回应。

“可现在我眼看着自己的人生过得稀烂，而你的生活却井井有条，我们就像是两个世界的人。”

卢烨想打断他，也想给他一点安慰。

可此刻的樊岳根本听不进去任何话，在他的心里，自己明明光鲜靓丽，前途光明，为了出人头地，做着自己想做的事，可为什么如今却看不到未来？他不停地问着卢烨，为什么生活会走到这一步，为什么烦恼很多，快乐却难。

樊岳一句句沮丧的疑问，犹如一支鸡毛掸子，扫过卢烨的心房，那些过去积压的灰尘，一刹那被清理干净。

她挂断了电话，靠在窗边，盯着外面的景色看。

成群的白鸽一圈一圈地绕着重复的路线飞，在这个飞行的队伍里，谁也不曾领先，谁也没有掉队，它们盲目地起飞，又整齐地哗啦啦地停驻在某处房顶，漫无目的地，没有意义地，重复这样的动作。

天边的云彩缓慢移动，并不以某种固定形状，而是忽聚忽散，它们也会变形，直至消弭而去。

老旧的电线缠着，东倒西斜的树尽力伫立着，这个城市总有很多隐藏的悲哀，不被人看见。

卢烨的思绪纷飞，似乎看到这座城市的每一角都能感到悲凉。

此时卢父悄悄地走进来，他满头大汗，脸上的皱纹连成委屈的形状，双手脏兮兮的，说："对不起我闺女，你的生日大餐，被我搞砸了。"

说完，卢父就像个小孩一样，无奈地哭了出来。

看着站在眼前的年过半百的老人家像个孩子一样哭，卢烨忽然无所适从。她可以在父亲坚强的时候说"靠住我，你不要逞强"，却无法在父亲软弱时说"我也很难过，请你替我坚强"。

为什么偏偏是在此刻？

那么多坎坷的路都迈过了，那么多为难的事都挺下了，那么多莫名的伤害都抗住了，却在这一顿微不足道的生日晚餐上败下阵来。

很多时候是这样的，明明是一件很小的事情，却成了致命一击。

卢烨抱着父亲，轻轻拍着安慰他，自己也淌下眼泪。眼前的男人可怜了一辈子，唯唯诺诺地在伯伯和姑姑间徘徊，又辛辛苦苦照顾患癌的母亲，到头来，在这一间小小的出租房里，因为搞砸了女儿的一顿生日餐而没出息地掉眼泪，卢烨实在是心疼。

她很是感慨，几年前从洛阳来南京时，对未来充满了恐惧与胆怯，可当经历了暴雨洗礼，阳光暴晒，风沙侵袭，才发现坚强的自己依然好好的。而那个曾说好要为女儿撑一辈子伞的男人，和那个曾闪着耀眼光芒的男孩，却似乎搭乘着和自己完全反方向的列车，一直向末路驶去。

她费尽了力气变成了自己想要的模样，而她在乎的他们，却没有变成她期望的那样子。

那天晚上，她默默许下了诚恳而简单的生日愿望。

她说，父亲要健康，自己要快乐。

她也给新一岁的自己立下了目标：一年后，要去北京闯荡。

卢烨从来没有告诉过任何人她名字的含义。

名字是妈妈取的，她说："芦叶虽然普普通通，但哪怕被人摘下来，它也不会轻易枯萎，仍旧会保留本真的绿色。"

这是妈妈对卢烨的期待，而经年之后，卢烨实现了妈妈的这份祝福。就如她在生日许愿时，在心里对妈妈默念的那句话——

“亲爱的妈妈，你放心，经年之后，我已不再是一片小小芦叶，我已成舟。”

七

凌晨十二点半，卢烨正在回复朋友们的生日祝福。

手机屏幕上又显示了那串来自北京的电话号码。

犹豫再三，卢烨还是接起了电话。

电话那头，醒了酒的樊岳连着说了三声对不起，他说表白的这些话，本应该早点说，或者干脆不说，在这个时候说出来，生怕打扰了卢烨的心情。

卢烨强撑说没关系，任空气沉默。

“生日快乐。”樊岳说他一直记得她的生日。

他还说，北京的面馆更好吃，他已经找到了一家河南烩面馆，如果卢烨有机会来北京，愿意见他，他想约在这里。

卢烨的思绪，又被他这番话带回了十八岁那年，两人在南京车站初遇的场景。

那天阳光甚好，男孩穿了朴素的 T 恤衫和发旧的牛仔裤，他身上洗衣粉的味道很清香。想到这儿，她的嘴角微微上扬，心柔软地、微微地颤了颤。

刚想要说些什么，就听到一个清晰的开门声。

“我回来啦！”

电话那头，传来一个熟悉又陌生的声音。

我们大多数人都有一个平庸的开头，运气好的只是少数，但是后面的人生故事怎么写，就看自己怎么做了。

只有你有权力，决定你的故事走向。

是的，那些你以为会把你压垮的东西，其实没有多重，那些你以为躲不掉的伤害，其实并没有给你带来很大的痛苦。起点低没关系，跑得慢也没关系，坚持做对的事情，就能得到好结果。

和爱的人在一起

真诚地面对自己

谢谢你看完这本书，或许你阅读它的时间是两个月，又或者是两星期，甚至是两天，可这本书在我的生命里，却霸道地占据了足足两年之久。

很难形容写下这篇后记时，我的内心是什么感受，坦白说，有久违的释放感，有仿佛即将重见光亮的兴奋，有恋恋不舍，也有想回头去修改的不自信，我似乎没有办法洒脱地和这段煎熬的写作之旅说再见。

它就像一种隐隐作祟的痛，在这两年撕扯着我。在写下这篇后记以前的每一天，我都在巨大的负重感里过活，没有一天不和我故事里的人物交涉，我祈求他们可以更鲜活、更明亮、更耀眼、更锋利，我祈求他们可以成为火把，成为希望，成为救世主，成为拥有超能力的英雄。

然而没能如我所愿。

他们很自然地失去挚友，无奈地与至亲永别，如大多数人一样地错过好运，极小概率地走上人生奇旅。

他们卑微地，艰辛地，渺小地，普通地，活在这个世界上。即便我有改写故事走向的能力，可他们似乎总在执拗地和我做着对抗，用一身的不堪告诉我，生活本就应该如此真实。

最终，我还是被他们的这份坦诚打败了，由着他们卷入命运的飓风中，面对灾祸，抵御侵袭，驱逐风沙。

到头来，故事里的他们都无一例外地从容退场。我想，或许我们每个人都比想象中坚强。

是的，当我意识到，我不再需要给他们披上幸运的外衣，不再赋予他们起死回生的神力，不再苛求他们成为醒目的少数人时，我后知后觉，真诚又朴实的他们，才是生活中的我们——

没能拥有理想的生活，却仍然保有生活的理想。

我们每个人都应如此赤诚坦荡，拥抱平凡的自己，紧接着，无比地热爱我们的人生。

这就是最正确的事。

前阵子我去出版社参加了一场聚会，组织者是我的编辑，参与者有她签约的作者，还有出版公司的同事和老板，由于是冬天，所以我们吃的是热腾腾的小火锅，舒服极了。

席间聊天，老板提起去年出版的一本超级畅销书，叫《蛤蟆先生去看心理医生》，出乎所有人意料，这本书的销量达到了几百万册，成为去年的超级黑马。当大家都在夸奖这本书有多么畅销的时候，不知道是敏感的我又冒出来了一些小小的自卑，还是麻辣火锅的热气在不停地熏着脸，又或者是几杯红酒下去的生理反应，总之，我的脸烫烫的。

坐在我旁边的是好朋友独木舟，我们对视了一下，默契地碰了个杯，用自嘲的语气小声说："我俩不如蛤蟆先生，连这顿火锅都是蛤蟆先生请的，干了这杯酒，我俩就得好好努力了！"

说是自嘲，但依照我的性格，这些话是完全走心的。从读书时开始，我就特别恐惧和别人有差距，考试卷上的分数，荣誉和奖励，气质谈吐，眼界经历，朋友圈和资源平台……我是一个很怕自己不够优秀的人，但大多数时候，这些自我制造出来的焦虑，并没有带给我任何成长，它们只是在不断地困扰着我，让我背上的负担越来越重。

然而我发现，其实无论怎么奔跑，跑得有多么快，前面总会有难以逾越的选手。

聊完蛤蟆先生，出版公司老板又谈起自己当年做韩寒的图书编辑时，能背出韩寒作品的开头和结尾，并以这份经验，和我的编辑交流，希望年纪轻轻的她在以后也可以做到。

大家酒意渐浓，撺掇着让老板现在再背一背韩寒作品的开头和结尾，老板思索片刻，竟真的把那本书的开头和结尾背诵了出来，听完后，大家纷纷鼓掌，赞叹于老板的记忆力和专业能力。

而我听后的感觉就只有五个字：他写得真好。

我也希望我能够再努力一些，天赋再多一些，文笔再出色一些，让我的编辑也可以骄傲地背出来。

可是我没有。

说实话，那一瞬间，我很难形容自己内心的感受。

酸的，又有一点苦，自知差距的甘，又有失落沮丧的涩。

羡慕，向往，失落，自卑，统统涌上头来，只好再干掉一杯红酒，任凭酒精制造眩晕，让我忘记此刻的困扰。

晚上打车回家，我开着车窗，吹着风，偌大的北京城已经进入深夜的睡眠模式，没有了白日的喧嚣，寒冬的风很凉，我的思绪纷飞，并不知道这些烦恼该如何解决。

不知道你有过这样的时刻吗?

很希望自己成为值得让人骄傲的人，可闭上眼睛，自己仍旧那么平凡。

其实我想说，我们大概率不会是最好的那个，可也大概率没有那么差，学会真诚地面对自己和接受自己，远比自我谴责和制造焦虑有益得多。

如果还不够好，那就再留点期待；如果感到迷茫，那就静静等待云雾消散；如果尚未成功，那就再往前走一步；如果失败了，那就总结经验。

没什么的。

人生那么长，此刻的不够闪耀，都是我们努力发光的原因。

请一直记得，我们的每一天，都在奔向终点的路上，一切看似末日的，终将被证明只是过程。所以啊，喜欢的人就勇敢去追，想做的梦就大胆去做，我们都只活这一生，你的故事，只要你想写下去，就没有谁能为你画上句号。

我们都曾到过困难的关口

这两年我遇上的困难，比以往加起来的总和还要多，有时候刚经历过一场暴风雨，迎面又来一阵龙卷风，工作、家庭、人际、未来，这些方方正正的字，越来越尖锐得像匕首，只要稍微碰触，就可能会被划破。

我经常会想念以前少有忧愁的岁月，总觉得那时候的自己是真正快乐的，而长大后，看似掌控生活的能力越来越强，可遇上的困难和烦恼，也变得愈加真实并清晰起来。

现实残酷，选择变少，决定艰难，后果自担，成年人的世界里，从没有简单两个字。

比如我这一次的写作就比以往的任何一次都要煎熬，有那么一瞬间，我甚至觉得自己已经被掏空了，什么也写不出来。我哭着对最好的朋友说："我曾引以为傲的写作，我曾无比熟悉的文字，现在都和我形同陌路，它们眼睁睁地看着我，焦灼，忧虑，手足无措，一个字都写不出来。"

无比残忍。

我经常把双手放在电脑的键盘上，发呆，放空，盯着几个写好的段落反反复复看，竟能花掉几个小时，像审判罪犯一样盯着这些文字，觉得它们一无是处。

我最怕写每篇故事的开头，因为我一定会写出无数个版本，那些版本总是因为各种各样的理由被我删了又写，写了又删，像洁癖一样，只要有一个字或一个词不顺眼，这句话就要被彻底弃置。一番折腾后发现，我竭尽全力地写作，可最终却又对自己抱有最大的否定和厌恶——我觉得自己写得不够好。

当然这也就意味着，我自己不够好。

这样的状态持续了足足有小半年，那半年的时间里，我最怕和这本书的编辑聊天，每当她问候我近况如何，写作进度怎样的时候，我都只有心惊胆战和愧疚于她。

我知道一定是哪里出问题了。

你也有过这样的时刻吗？

觉得自己不够好，对未来没有确信感，有所渴望，想要变得更强大，可总是找不到合适的门路。

简单来说就是，只有迷茫，没有办法。

于是这些疑问像是纷纷下落的雪花，积攒在心里，没多久，就变成巨大的石头压得人难以喘息，最终，我们给自己定下某个离谱的罪名，永久地打入牢笼。

后来，我慢慢地意识到，是我对生活的态度出现了问题——

我们都曾到过难过的关口，人也总会坠入谷底，无论你有多普通、多耀眼，这都是最正常不过的事情，不必大惊小怪。

在迎来困难的时候，先别急着否定自己，别急着掉眼泪，更不必想尽一切办法逆风而上，有时候，平静地接受困难的来临，静静地等待，给时间一些耐心，你会发现，这些低谷期，就像台风过境，过去了就过去了，生活总会回归风平浪静。

是啊，你不是超人，你不必每次都有拯救世界的超能力。

你可以有脆弱的权利，有短路的时候，有做错选择的资格。暂时的放弃就像放假一样轻松，没什么大不了的。

只要你还愿意坚定地相信自己，相信生活，就承受吧，面对吧，松弛吧，静候吧，不要怕这些短暂的困难和低谷期。

所以后来，我与自己和解，度过了一段很平静的时光，没有写作灵感的时候，我不再逼迫自己，而是到处走走，陪伴家人，和快递员交朋友，倾听保洁阿姨的北漂故事，走进各种人的奇遇人生。

慢慢地，我发现那些膨胀的欲望，飞涨的杂念，紊乱的心智，以及时间的压力，都在缓缓削减。我不再刻意地顾虑市场喜好，不再做工作的傀儡，不再和旁人做愚蠢的对比，只是写我想表达的故事，做我擅长和让我感到快乐的事情。

我渐渐发现，如果我选择认可自己，一切都会变得很顺利。

是这样的，轻松自在地成为自己，是我们每个人生活的最基本的法则。

于是我反复和自己说，不再固执地让自己像个孩子，不再无休止地哭哭闹闹，不再刻意地为难自己什么，也不再编织那些华丽易碎的梦，顺应时间的起起落落，接受每一个阶段的自己。

现在看来，好像这个想法是正确的，我顺利完成了这本书，也和那段低谷期平静地道了别。

是的，我愿意真诚地去生活，且我一直坚信，生活终将看到我的诚恳，并赐予我好报。

和爱的人在一起

有一天傍晚，我在北京的家里看日落，阳台的落地窗晕染着夕阳打下来的柔光，在北京的寒冬里，成为我一方小小的温暖依靠。

天色渐变，竟出现许多种颜色，赤色，鹅黄，浅紫，淡蓝。云变换着形状，有些就像大海里的鱼。

我望着这天光，这如鱼一般游动的云朵，发呆，痴迷，静思。

忽然间脑海里飘过这样一句话：做一条飞向太阳的鱼。

迎着那一刻的晚霞，我忽然觉得这句话好浪漫。

一条鱼，飞跃海平面，冲着耀眼又硕大的太阳而去，或许结局是命中注定的壮烈，但它的勇气与决心，也足够在一跃而出的那一刻被永恒留念。

我赶紧拿出来手机，拍下了这一刻的视频，发给了我的爸妈和哥哥。

我和他们说，有一条鱼，正在游向太阳。

我妈委婉地问我，有没有喝酒；我爸私聊我，问我最近有没有什么不开心的事情，可以和他说说；而我哥，直截了当地对我说，大白天发什么神经！

其实我只是觉得这一刻好浪漫好浪漫，而这份浪漫，我想分享给我最爱的人。

人生在世，能遇上多少浪漫风景，可以分享给所爱之人？

仔细想一想，这两年来经历的波折真的不算少，有工作上的打击，有被合作伙伴欺骗的打击，见证过人情冷暖，开始思索三十岁以后的人生要怎样开展。

每一次的无助和迷思时刻，都是这些爱我的人陪我度过，是他们让我觉得再糟糕的事情都没什么。

有段时间接连遇上工作打击，最依赖的同事离职，打的官司开庭后又延迟审判，信任的团队完全辜负我，那阵子心情很糟糕。爸妈察觉出来了，几次提出要来北京探望我们，都被我们拒绝，我看不得他们为我担心的样子。

后来因为拍摄工作，需要爸妈配合出镜，我请他们来了北京。

他们来的那一天，我心情非常低落，见到他们，也强装着平静，没有过多互动，因为我怕稍不留神就会暴露出此刻的脆弱。

我气压很低，没怎么说话。

他们也不说话，只是安静地陪着我工作。

安静的空气里，只有妈妈在镜头面前紧张又羞涩地配合拍摄。由于缺乏经验，妈妈不适应在镜头前工作，每一句台词都要录制很多遍，有一段脚本内容，导演反复教了她很多遍，她就是学不会，急得都快哭了。肯定是怕影响我的口碑，她就拉下面子和那些同事一直道歉，说不好意思添麻烦了，阿姨笨，阿姨没经验，阿姨耽误你们时间让你们着急了。

可她不知道，这些同事，都是我特别熟悉的工作伙伴，他们丝毫没有介意妈妈拖慢了工作进度，只有她在自我责备。

后来我看废弃的花絮素材，大大的特写定格在她脸上，我瞥见了那些很刻意的努力，很费力气的努力，她已经五十多岁了，却还在为了完成我的工作，而做自己不擅长的事情。

拍摄结束，妈妈一直跟同事们鞠躬感谢，并且表达歉意，她不想因为自己而影响同事们对我的印象，事实上，怎么会呢。

下午五点钟，爸妈默默地收拾东西，决定不留下吃饭，直接开车回家乡廊坊。我知道，他们是想给我足够的空间，他们一直都是这样的，做任何事都只考虑我的感受。

爸爸丢下了一句“勇敢点，没什么过不去的”，转身走了。

等他们到家，爸爸偷偷和我说，他在路上给妈妈买了个面包，妈妈一边吃一边哭，说紧张了一天，站得浑身僵硬疼痛，胃因为饥饿和紧张，痉挛了一路，若不是吃了爸爸买的这个面包稍微缓解了些，她话都说不出来。

妈妈说，她完全不在乎自己的身体，她只是不想看儿子那么辛苦，不想看儿子不开心，不想看儿子背负烦恼。

可几小时前的她，还在生龙活虎地反复问导演："怎么样？是不是表现得不太好？没关系，阿姨还可以再拍一遍。"

大晚上的，我正在和律师通电话，看到爸爸发来的这些文字，瞬间泪如雨下。

那一刻，我不觉得大晚上饿着肚子还在沟通工作的自己辛苦，也不觉得意外而来的这些苦难有多烦扰，我只觉得，我拥有全天下最多的爱、勇气和力量。

因为有他们，我无须畏惧这世界。

是啊，不管你在生活中经历了何种委屈，遭遇了哪般磨难，承受了多少打击，面对了几许孤独，请你坚信，这世上永远都有那个人，他会带着穿越一切的爱的超能力，不遗余力地奔向你，拥抱你，陪伴你，治愈你。

从始至终。

这个人，他会让你觉得——这世界有你真好，全世界有你就好。

这本书写了六个平行时空里的故事，它们彼此之间都有关联，如果你仔细阅读，相信你已经发现了其中隐藏的秘密——

《我和姐姐》里，"我"和姐姐在吃烧烤时遇到的两个邻桌男孩，正是《秘密只有风知道》的主人公。

《秘密只有风知道》中，"卤蛋"男孩的病友正是《飞黄腾达》里的小飞达。

《飞黄腾达》里，谭姐在制作外卖煎饼时遇到的外卖员，正是《穿越人海拥抱你》里面的井仁医生。

《穿越人海拥抱你》里，井仁医生在做顺风车司机时，送去机场的客人正是《如果我们终将重逢》里的为爱奔赴纽约的裴欣欣。

《如果我们终将重逢》里，裴欣欣在酒吧遇到的调酒师，是《经年之后，我已成舟》里的男孩樊岳。

而在《经年之后，我已成舟》里，卢烨作为新闻工作者，报道了《我和姐姐》这个新闻……

当然，这里面还有很多很细小的细节彼此关联，它们在等待你的发现，比如《穿越人海拥抱你》这篇故事的名字，正是我曾出版过的图书名。

我一直坚定地相信，同类之间都有奇妙的缘分，它会让我们在很多个场景里偶遇、相识，哪怕走散后也会再次重逢，所以千万不要觉得孤独，你不知道的缘分，正在牵引着巨大的能量，横跨时间，飞跃阻碍，为我们的下一场遇见做盛大的安排。

时间，终会将我们和爱的人，拢在一起，而拥有彼此，就有了全世界。

谢谢

最后，再次感谢你选择阅读这本书，希望你把它送给你生命中最重要的那个人，谢谢他一路照顾你，未来也请他多多关照。

也再次谢谢所有故事中的主人公们，你们温暖、动人、神异又朴实，带着各自的烦恼与欣喜，穿越亲情、爱情和友情，欲以快些抵达平安的彼岸。是你们让我懂得，卖力的生活中，奔跑、幻想、飞跃，这些是正确的常态，可生活的终极意义不在于这些快速的获得，而在于慢慢体会的经过。

就像搭乘一列观光列车，你想要看到更多更美的风景，于是你努力地从车尾向前奔跑，可到头来你会发现，人生终会停靠在某站，风景也会于此戛然而止，你并没有因为用力奔跑而多看到什么风景。

那么，搭乘这观光列车的意义在哪儿呢？

我想，意义或许就在于那个陪你看风景的人，那个人，愿我们都能找到。

2022年1月18日 北京

全世界有你就好

产品经理 | 聂　文　曹俊然　　技术编辑 | 丁占旭
营销经理 | 李　佳　闫冠宇　　执行印制 | 陈　金
装帧设计 | 孙　莹　　出 品 人 | 于　桐

图书在版编目（CIP）数据

全世界有你就好 / 苑子豪著. -- 济南 : 山东文艺出版社, 2022.4

ISBN 978-7-5329-6577-9

Ⅰ. ①全… Ⅱ. ①苑… Ⅲ. ①短篇小说一小说集一中国一当代 Ⅳ. ① I247.7

中国版本图书馆 CIP 数据核字 (2022) 第 037190 号

全世界有你就好

QUANSHIJIE YOUNI JIUHAO

苑子豪 著

责任编辑 杨云芳

主管单位 山东出版传媒股份有限公司
出版发行 山东文艺出版社
社　　址 山东省济南市英雄山路 189 号
邮　　编 250002
网　　址 www.sdwypress.com

读者服务 0531-82098776（总编室）
0531-82098775（市场营销部）
电子邮箱 sdwy@sdpress.com.cn

印　　刷 北京世纪恒宇印刷有限公司
开　　本 1230 毫米 ×880 毫米　1/32
印　　张 7.5
印　　数 1—50,000
字　　数 171 千
版　　次 2022 年 4 月第 1 版
印　　次 2022 年 4 月第 1 次印刷
书　　号 ISBN 978-7-5329-6577-9
定　　价 49.80 元